# LA LISTE
# 2 MES ENVIES

GRÉGOIRE DELACOURT

# LA LISTE
# 2 MES ENVIES

roman

ALBIN MICHEL

*Pour la fille assise sur la voiture,*
*toujours en haut de la liste.*

« Et si l'on peut te prendre ce que tu possèdes, qui peut te prendre ce que tu donnes ? »

Antoine de Saint-Exupéry,
*Vol de nuit*

– Moi, ce sont les sacs. Tous les sacs. Cabas, pochette, enveloppe, sac seau, minaudière, doctor bag, tote bag, sac bowling. J'en suis dingue, cela dit, ce n'est pas si dingue que ça. Il y a bien des gens qui collectionnent les chouettes. Hou, hou. Les bestioles qui hululent. Ou les boîtes de camembert. Ou les enclumes. Non, mais les enclumes, vous vous rendez compte ? Et puis, la psy m'a dit que *manusaccaphile*, c'est mon nom de collectionneuse de sacs, ce n'est pas une maladie. Juste une passion. Donc, ce jour-là, je voulais un Birkin. Autruche. Couleur mandarine. Et pouf, TGV, une première solo, on a de quoi, tout de même. Cinquante minutes à peine et me voilà à Paris. Taxi réservé, vous pensez. Mon nom sur une petite pancarte, j'adore. L'habitacle sentait l'océan. Il me mène directement chez Hermès, rue du Faubourg-Saint-Honoré, l'adresse historique, tellement plus chic, sans compter qu'on ne trouve pas de boutique Hermès à Arras, comme si Arras c'était un village d'Afrique, et là, vous savez ce que la vendeuse me dit ? D'abord elle ne dit rien. Elle se contente de sourire. Pas un sourire aimable. Non. Un genre de rictus. Elle me regarde, me *considère* même, et je sens bien un brin de mépris. Un petit brin mais un brin quand même. C'est vrai que je ne ressemblais pas trop aux autres clientes. La province, ça se voit, ça se sent, ça a une odeur. Elle me dit qu'il y a quatre ans d'attente. Quatre ans d'attente pour un Birkin en autruche ! Même un être humain on arrive à le faire en neuf mois, je lui dis, et vu la façon dont elle me *considérait*, je lui précise que j'ai l'argent, que ce n'est pas un problème. Je double le prix. Tenez. Voilà 30 000 euros. Elle hausse les sourcils, discrètement, mais je vois bien qu'elle veut que je la voie hausser les sourcils. Que je sente que je l'agace. L'autruche pour votre sac, madame, me répond-elle enfin comme si j'étais une débile profonde finie à la bière, elle n'est pas encore née. Loin de là, même. Nous possédons un élevage d'autruches en Afrique du Sud, les œufs sont déjà réservés pour les trois prochaines années, donc, si vous voulez vous inscrire, le petit œuf pour votre sac sera pondu dans trois ans. Ajoutez un an, le temps que votre animal parvienne à sa taille adulte. Mais si je prends le plus petit modèle, faut-il aussi attendre qu'il devienne adulte ? Le plus petit modèle, madame, qu'on appelle le B25, B pour Birkin, 25 pour la taille, est justement le plus rare. Ah. Le temps de fabriquer votre Birkin, poursuit-elle, et là, j'ai vraiment senti une pique d'agacement, vous l'aurez dans quatre ans et demi. Alors, prenons-nous la commande, chère madame ? Et 100 000 euros, ça fait pas pondre plus vite ? j'ai demandé. Non, madame. Pas davantage que 200 ou 300 000 euros. Vous êtes chez Hermès, ici, pas chez Troc Tapis. J'étais déçue. Vraiment déçue, ça je peux le dire. Du coup, je suis allée me remonter le moral chez Dalloyau, six cents mètres de marche, j'ai pris un Uber, on a de quoi tout de même. Une fois sur place, je me suis régalée de deux Tonka, un dessert très fin, au caramel, chocolat, noisette. Mais ça n'a pas fait passer ma peine, oh non. Dans le train du retour, j'ai même eu des reflux, c'était gênant.

– On applaudit Brigitte, l'interrompt soudain le modérateur, un type charmant, patient surtout, parce que Brigitte fait rarement dans la brièveté. Et on réfléchit, ajoute-t-il après les applaudissements. Que nous raconte son témoignage ? Quelqu'un ? Georges ? Vous voulez bien ?

Georges lève la tête. Lentement. C'est un timide. Cinq bons numéros et deux étoiles, il y a cinq ans, un 13 novembre. Un immeuble sur la tête. Un petit Hiroshima sous le crâne. Cent soixante-neuf millions huit cent trente-sept mille euros et des poussières. Divorce dans le mois qui a suivi. Sa moitié partie avec la moitié. Cinq ans de dépression. Une tentative de suicide. Un racorni, désormais, le visage comme une grimace.

Georges se racle la gorge.

– Euh. Que l'argent n'achète ni la patience ni le désir. Euh. Voilà.

– Merci, Georges. C'est très enrichissant. (Applaudissements.) Quelqu'un d'autre ? Raoul ?

Raoul. Un tirage de Saint-Valentin. Trente millions trois cent quarante et un mille deux cent cinquante-quatre euros et vingt-sept centimes. Beaucoup de valentines depuis, mais dès qu'il leur offre un diamant – trois carats minimum, en dessous, ça se voit à peine, lui a-t-on dit –, elles disparaissent, la bague au doigt. Parfois avec un peu d'argenterie également.

– L'arrogance, lance Raoul. L'argent révèle les arrogances.

Il baisse la tête, tout à coup pâle. Semble plonger en lui. En remonte un souvenir :

– Adolescent, je passais tous les jours devant une grande maison, à la sortie du village. Je la trouvais absolument magnifique. Elle possédait un grand jardin sur le devant, des saules pleureurs avec des branches comme des caresses, et on disait qu'il y avait un petit étang derrière. Ainsi qu'un petit bois. D'une des fenêtres de l'étage, j'entendais jouer du piano et bien souvent je m'arrêtais pour écouter. C'était si beau que parfois je pleurais. Plus tard, j'ai appris que c'étaient les *Gnossiennes*.

– Les gnocchis ? demande soudain Brigitte.

– Brigitte ! s'exclame le modérateur. On n'interrompt pas celui qui parle.

Raoul baisse la tête. Un voile grise ses yeux. Une mélancolie à la Satie.

– Après avoir gagné tout cet argent, et surtout après avoir réalisé tout ce que ça représentait, j'ai pensé qu'il était temps de faire quelque chose pour moi. Je suis alors retourné à cette maison pour la première fois depuis des années. Rien n'avait changé. J'ai sonné. Comme mon cœur battait ! Une petite fille a ouvert. Je ne m'attendais pas à un enfant. Je ne savais pas quoi dire. Elle a crié, Maman, c'est quelqu'un pour toi ! Et j'ai eu aussitôt envie de m'enfuir. Sa maman est arrivée et j'ai regardé ses mains. Elle avait de longs doigts. Un empan d'une octave au moins. Oui ? a-t-elle demandé. J'ai respiré profondément, comme me l'a appris mon ostéopathe, et j'ai prononcé cette phrase que je m'étais cent fois, mille fois répétée toutes ces années.

Dans le cercle, tous les participants retiennent leur souffle.

– J'aimerais acheter votre maison.

Raoul relève doucement la tête. Ses joues sont rouges. Il est très ému.

– Même si vous m'en donniez vingt millions, je ne voudrais pas la vendre, m'a-t-elle dit en souriant. Je lui ai répondu que oui, justement, j'avais vingt millions. Pour la maison. Que j'étais prêt à ça. Elle a vraiment eu l'air désolée et je ne sais pas si elle m'a pris pour un fou ou juste pour un pauvre type. Je me suis excusé pour le dérangement et je l'ai remerciée pour les *Gnossiennes*. Je lui ai dit qu'elles avaient rendu mon enfance heureuse.

Ses yeux brillent quand il conclut :

– Cette femme était infiniment plus riche que moi. Que nous tous.

Alors les dix affiliés ovationnent Raoul. Le modérateur est content. Pour un peu, il se ferait un *high five*.

Le groupe était solidaire et même si chacun guérissait lentement, apprenait à mettre l'argent au bon endroit, à la bonne distance, le chemin était encore long. On ne se remet pas du jour au lendemain de millions qui vous tombent dessus, bouleversent votre vie, chamboulent vos plans, révèlent parfois les parts sombres de vos proches qui découvrent soudain le formidable pouvoir de l'argent.

Surtout l'argent des autres.

Le vôtre.

– Et vous, Jocelyne ? demande le modérateur en se tournant vers moi. Quelle est votre histoire ?

Oh, moi, ma vie on aurait pu en faire un roman. Je suis presque certaine qu'il aurait très bien marché[1].

Je suis une femme modeste, née à Arras, il y a cinquante et un ans.

Ma mère est morte quand j'avais dix-sept ans. Un AVC foudroyant. Elle est tombée sur le trottoir, s'est affaissée sur elle-même à la manière d'un accordéon. Au niveau de l'entrejambe sa robe avait foncé et j'avais eu honte, honte pour elle, pour moi, pour toutes les femmes ; elle, toujours si délicate, si élégante, finir comme ça, une dégringolade, une injure à la beauté. Et puis, papa et moi

---

1. Il semblerait d'ailleurs qu'un petit malin se soit emparé de mon histoire pour en faire un roman (paru en 2012) qui avait pour titre *La Liste de mes envies*, un titre, au demeurant, que je trouve un peu autocentré, mais bon. Et si à l'époque je n'ai pas attaqué le malin en justice, c'est par crainte qu'on me reproche de vouloir me faire encore plus d'argent. Les gens peuvent être parfois médisants.

avons tenu à deux quelques années sans elle. Un vieux et sa canne. Tenu sans son rire. Sa robe qui virevoltait quand elle était heureuse. Son regard perçant quand elle nous croquait au fusain et tellement doux lorsqu'elle nous peignait à l'aquarelle. Elle était artiste. Elle observait le monde d'un autre point de vue que nous. Elle voyait d'abord la beauté. Toutes les tendresses. C'est d'elle que j'ai longtemps nourri mon envie de devenir styliste. J'avais rêvé du Studio Berçot ou d'Esmod, à Paris, mais Paris est loin et papa avait commencé à « tournebouler », comme disaient Danièle et Françoise, mes amies qui tiennent le salon Coiff'Esthétique. Tournebouler. Ça les faisait bien rigoler ce verbe les jumelles, parce qu'il y a boule dedans, comme boule de Loto, et que le Loto, c'était leur drogue. Moi, ça me faisait moins rire, parce que toutes les six minutes, le compteur de la mémoire de papa se remettait à zéro. Il me regardait avec des yeux de merlan frit, parfois de môme qui a fait une bêtise, et il me demandait :

– Vous êtes qui, mademoiselle ?

Ça m'a longtemps fait pleurer cette question, parce que ne pas être reconnue par son propre père, c'est d'une tristesse infinie.

Puis le temps a passé et je suis devenue plus forte. Je ne pleurais plus.

Par contre, à cause de cette maladie qui avait quand même le don de lui faire oublier la mort de maman – Elle rentre quand ? me demandait-il lorsqu'il avait faim, ou Est-ce que tu sais où elle a rangé ma chemise blanche ? –, j'ai remisé mes rêves de styliste et de lumière et, afin de rester près de lui, j'ai trouvé un travail à la mercerie Pillard, à Arras.

Je raffolais des boutons, comme Brigitte de notre groupe des GA (Gagnants Anonymes) raffole des sacs, sans que j'en devienne toutefois *fibulanomiste*, pour reprendre son prétentieux *manusaccaphile*. Moi, c'était les boucles métal, les deux-trous bois et imprimé, les boutons à pied dorés bombés, les magiques et les pressions, les embouts cordelière. J'adorais également tous les tissus. Les crêpes, les percales, les popelines et les cretonnes. Je rêvais alors de robes de princesse et bien sûr d'un prince, et c'est Jocelyn[1], un gentil gars sans cheval blanc ni crinière blonde ni yeux bleus, qui m'a cueillie, m'a fait deux enfants vivants et une petite mort-née, puis qui a transpercé mon cœur quand il m'a trahie, quand il s'est enfui avec les 18 547 301 euros et 28 centimes que j'avais gagnés à l'EuroMillions, une mise à 2 euros, un système flash.

Ça m'avait bien *tourneboulée* tout cet argent.

J'avais longtemps caché le chèque au fond d'une chaussure car je ne savais pas s'il fallait ou non l'encais-

1. Je sais. J'avais une chance sur 10 millions de tomber sur un mari qui portait le même prénom que moi. Cela dit, j'avais aussi une chance sur 139 838 160 de gagner à l'EuroMillions, soit 0,000000715 %. Et pourtant.

ser. Bien sûr Danièle et Françoise m'auraient dit que j'étais folle, qu'autant d'argent d'un coup, ça pouvait m'offrir une jolie vie. Mais moi je l'aimais comme elle était, ma vie. Elle était juste, elle était simple. Elle était belle. Mon mari m'aimait. Sans arrière-pensées. Il me rendait heureuse. Nadine et Romain étaient de bons enfants, même si, c'est vrai, mon fils mettait un petit trop de temps *à se trouver*, comme disent les psychologues.

Elles auraient insisté les jumelles. Mais imagine, Jocelyne, imagine. Imagine quoi ? Mais tout ce que tu pourrais faire. Je riais. Je ne vais pas devenir Miss Monde du jour au lendemain quand même, ni épouser George Clooney. Oh non, pas lui, il vit avec un cochon[1]. Et Miss Monde, peut-être pas tout à fait, ajoutait Françoise, mais tu peux t'en approcher. Un 95 C – les hommes s'imaginent tous qu'ils ont de grandes mains. T'offrir des dents neuves. Un coach pour la ligne. Un autre pour l'alimentation. Oui, oui, des coachs, susurrait Danièle, la bouche en cœur, les mains jointes comme devant le bon Dieu, des coachs musclés, jolis garçons et qui sentent le Brut de Fabergé.

Je leur répétais que j'aimais ma vie comme elle était et elles haussaient les épaules, désespérées, levaient les yeux au ciel.

1. Il s'agit de Max, un cochon nain vietnamien de 130 kilos avec lequel l'acteur a vécu près de dix-huit ans. Depuis sa mort, l'homme est, dit-on, inconsolable.

– Tu pourrais au moins gâter tes copines, alors.

Quand Jocelyn m'a volée, a disparu avec l'argent, ma vie s'est effondrée. Et avec elle, tout ce à quoi je croyais. Notamment la bonté.

J'avais quelques années plus tôt repris la mercerie à mon compte, créé un blog, *dixdoigtsdor* ; il parlait du bonheur du tricot, de la broderie, de la couture, et je m'étais aperçue qu'il aidait les femmes – certaines s'étaient raccrochées aux fils que je tendais et n'avaient pas sombré. Ainsi, de fil en aiguille, une importante communauté s'était soudée, s'était soutenue. J'avais même eu droit à plusieurs articles dans *L'Observateur de l'Arrageois* et *La Voix du Nord*.

En fuyant, mon mari avait aussi sali tout ça.

Le mal des hommes est une tache sur un buvard, qui va toujours en s'agrandissant.

J'avais alors tout quitté.

Arras. La mercerie. Le blog. Les jumelles. Mes rêves d'épouse heureuse. De grand-mère un jour.

J'avais eu froid. J'étais partie près de Nice, au soleil, où j'avais pris le temps de me relever ; et ça avait pris du temps.

Puis j'avais rencontré quelqu'un là-bas. Mais rien n'a jamais plus été pareil. Tout ne cicatrise pas.

Alors, à la question du modérateur, j'ai répondu, la voix éraillée :

– Moi ? L'argent a tué tout ce que j'avais d'amour en moi.

Je suis revenue à Arras il y a six mois.

J'ai vendu la maison que j'avais achetée à Villefranche-sur-Mer trois ans plus tôt pour y vivre loin de tout. J'y avais fait venir papa, j'avais engagé une infirmière. Ma nouvelle histoire d'amour avec cet homme rencontré sur une plage de Nice, beau comme Vittorio Gassman, n'en avait finalement pas été vraiment une. Plutôt une île où je m'étais réfugiée après la trahison de mon mari. Des bras solides pour ne pas chavirer. Une voix rassurante. Il m'aimait, mon Vittorio. Il me trouvait belle et il me le disait. Il savait se taire aussi, ce qui est rare chez un homme. Il ne tisonnait pas mon chagrin ni ne réveillait mes brûlures. J'étais sa princesse. Je me sentais de nouveau légère. Je n'avais pas peur avec lui. Il écoutait de l'opéra avec moi le soir, sur la terrasse, en regardant la mer. En contemplant l'horizon scintillant, il disait voir notre avenir. Le meilleur est devant nous, Jocelyne, toujours, me chuchotait-il en nous resservant du vin, en caressant ma main. Sa peau était douce et chaude, et la pression de ses doigts parfaite. J'avais voulu le croire, j'avais essayé, de toutes mes forces, mais mon cœur était resté glacé.

Vittorio jouissait de mon corps, de ma peau, de mes bras, de mes baisers, de mon souffle, de mon rire parfois, quand papa s'entortillait dans le hamac ou qu'il s'approchait de nous en nous demandant si nous étions ses parents ; mais pas de mon cœur. Jocelyn en avait fait un galet. Une petite pierre tombale.

Alors un matin Vittorio est parti, dans le silence d'un pétale qui tombe, un ralenti gracieux, et je sais qu'il s'effaçait non pas parce que je ne l'aimais pas, mais parce que son amour ne parvenait pas à me réchauffer et qu'il en était inconsolable.

Je suis revenue à Arras il y a six mois.

Je suis retournée travailler à la mercerie, à mi-temps. Et je suis à nouveau seule avec papa. Nouvelle infirmière qui ne vient que le matin. Bain. Soins. Massages. L'après-midi, après une sieste, puis une longue marche ensemble, je continue à lui inventer des vies parce qu'il ne se souvient plus de la sienne, et toutes les six minutes, il les oublie de nouveau. Je parcours des biographies, lui cherche des destins, des immensités. Hier, je lui ai dit qu'il avait été un grand pilote automobile, ami de Juan Manuel Fangio, qu'on surnommait El Chueco – *le tordu*. J'ai mentionné la course folle de ce Grand Prix d'Allemagne 1957, quand El

Chueco était reparti avec seulement un demi-plein dans sa Maserati, et papa a ri. Oh oui, je m'en souviens, a-t-il lancé, très bien même, on ne donnait pas bien cher de sa peau au petit Argentin, et pour quelques minutes, j'ai à nouveau été une petite fille heureuse.

Ce soir, je lui parlerai des *Case Study Houses* qu'il a créées avec les frères Eames, dans les années 60.

Pendant ma longue période d'exil, Mado a tenu la mercerie. Nous nous étions elle et moi rencontrées via mon blog *dixdoigtsdor*. J'avais été bouleversée par son histoire. La mort de sa grande fille Barbara – elle aurait l'âge de mon fils Romain aujourd'hui. Une maman ne devrait jamais avoir à vivre ça et je sais de quoi je parle. Ce chaos. Elle était perdue, Mado. Un oisillon soudain, une faible espérance de vie. Alors je l'avais recueillie, même si, à cette époque-là, je n'avais pas vraiment besoin d'une vendeuse. Au moins, elle ne resterait pas seule. Ne ressasserait pas. Ne tourneboulerait pas.

Elle a mis du temps avant d'oser parler aux clientes. Tenter un sourire. Proposer des articles. Des patrons. Des nouveautés. Puis elle a commencé à imaginer de belles thématiques pour les vitrines. Elle a organisé un concours de scrapbooking en tissu. Elle a fait tricoter des bonnets, des gants et des écharpes pour les vieux des Ehpad Saint-François et Saint-Camille, avec des laines colorées, joyeuses. D'un oisillon blessé, elle était devenue une colombe audacieuse et j'avais été soulagée de pouvoir lui confier la mercerie quand j'étais partie à Nice, après que Jocelyn avait tout brûlé en moi.

Quand j'avais voulu mourir.

Ce sont les sœurs du centre Sainte-Geneviève qui m'ont sauvée. C'est Vittorio qui m'a sauvée. C'est l'amour de ma fille Nadine qui m'a sauvée, les espérances d'une jolie vie pour mon fils Romain. Ce sont les rires des jumelles. Les encouragements des centaines, des milliers de femmes qui me suivaient sur *dixdoigtsdor* qui m'ont sauvée. Car je ne suis pas morte d'avoir été trahie par l'homme que j'aimais. Pas morte d'avoir été assassinée par lui. Laissée là, à l'abandon, comme un chien en été. Pas morte de ne pas lui avoir pardonné lorsqu'il avait voulu revenir – Je veux rentrer chez nous, m'avait-il écrit après qu'il avait dépensé trois millions trois cent soixante et un mille deux cent quatre-vingt-seize euros et cinquante-six centimes sur les dix-huit millions qu'il m'avait volés. Je veux rentrer chez nous, suppliait-il, reprendre ma vie avec toi, tu me manques Jocelyne, l'argent n'achète rien, l'argent éloigne de tout.

Je ne lui ai pas pardonné.

Je n'ai pas répondu à sa lettre désespérée.

Cette fois, j'ai encaissé le chèque qu'il avait joint, le solde de mon argent qu'il n'avait pas dépensé – quinze millions cent quatre-vingt-six mille quatre euros et soixante-douze centimes –, ou pas su dépenser, car on ne peut pas habiter trois maisons en même temps, conduire cinq voitures en même temps ; l'argent ne nous dédouble pas, ne nous triple pas, on est toujours seul. Certes, il peut remplir un frigo, toute une maison, toute une vie, jusqu'à l'écœurement, et c'est ce qu'avait fait Jo, il était allé au bout de l'écœurement avec mon argent. Il s'était offert ses rêves de gamin, une Cayenne, une Seiko à quartz ou une Patek Philippe, je ne sais plus, ça m'est égal, un grand écran plat, l'intégrale de James Bond, des costumes Brioni, des filles faciles je suppose, jeunes, seins parfaits, lèvres pulpeuses, brillantes, le pénil[1] lisse comme une dragée, une sucrerie, des survivantes qui acceptaient de lui ce que j'avais refusé à ses colères, à ses méchancetés parfois, quand la bière troublait sa vue et me faisait lui apparaître comme de la viande, juste un morceau de bidoche. Mais j'étais restée. À cause des enfants. À cause de ce qu'il est

1. Non, il n'y a pas de faute d'orthographe. Il s'agit bien de *pénil*, cette partie inférieure de notre joli ventre de femme qui se couvre de poils à la puberté. Après, chacune en fait ce qui lui plaît.

difficile, voire impossible, pour une femme de vivre dans la honte, engluée, d'être seule dans l'avilissement avec deux petits, de trouver un appartement, un travail dans le monde blessant des hommes, dont la plupart en sont encore à l'idée qu'une femme l'a bien cherché, qu'elle n'avait qu'à, qu'elle aurait dû, qu'elle s'imaginait peut-être que ; les hommes se protègent entre eux, comme les loups, et si nous n'avions pas cet instinct de vie, cet époustouflant sens de l'amour, nous serions dévorées à chaque fois, déchiquetées. J'étais restée avec lui parce que je l'aimais. Mais je ne lui avais pas pardonné. Je ne m'étais pas laissée berner par ses derniers mots roucoulants, mielleux, sirupeux, je l'avais abandonné à lui-même, en sa propre compagnie, comme on laisse un chien dans sa mouscaille, et j'avais tenu bon, malgré la culpabilité atavique des femmes, malgré les tendresses, les humilités que m'avait enseignées maman, ma reine, qui croyait qu'il y avait du beau en toute chose, du bon, qu'il suffisait de savoir où poser les yeux. J'avais alors fermé les miens très fort, scellé mes paupières et attendu, serré mes poings et mordu mes lèvres, j'avais laissé passer l'orage, tous les tremblements, jusqu'au jour où les jumelles m'apprirent que ses voisins avaient trouvé Jo dans son immense et luxueux appartement dépeuplé de la place des Sablons à Bruxelles, mort sur son canapé de vachette pleine fleur blanc – son linceul.

Plus tard, le médecin m'a révélé qu'il était mort de chagrin. Je ne crois pas. Il est mort de ce que les hommes redoutent le plus pour eux-mêmes.

Le mépris de soi.

Donc, sur les 18 547 301 euros et 28 centimes de mon gain à l'EuroMillions, il m'en restait une quinzaine – sachant que la vente de la villa de Villefranche-sur-Mer m'avait de surcroît rapporté une petite plus-value.

À l'époque, dans « ma dernière liste », je m'étais promis de donner un million à quelqu'un, comme ça, par hasard, mais le hasard n'avait toujours pas frappé à ma porte. Je n'avais toujours pas croisé le sourire inattendu, toujours pas lu le bon fait divers dans le journal, toujours pas capté le regard inconsolable qui m'aurait décidée.

Comme je m'y étais engagée, j'avais aidé ma fille Nadine à produire son premier grand film, elle n'avait jusqu'ici réalisé que des courts métrages, et voilà qu'elle avait remporté un prix important à Cannes l'année suivante dans la section Un certain regard. L'histoire d'une femme qui kidnappe un enfant battu pour le sauver, mais l'enfant pleure ses bourreaux. Pas gai, lui ai-je dit. Mais bouleversant. J'avais pensé au *Kid* de Chaplin. Depuis, elle était très sollicitée. Recevait un grand nombre de scénarios. Mais elle ne s'emballait pas. Elle connaissait la fragilité des choses. Le cristal de la vie.

J'avais essayé de lui donner ce que maman n'avait pas eu le temps de me donner. Des ailes et des racines. J'étais fière d'elle. Une fierté de lionne. De fauve. Fergus, son Irlandais de mari, avait quitté Aardman Animations où il était graphiste vidéo pour s'occuper de la post-production (je crois) des films de Nadine et surtout de leur fils, Oliver. *Oliver.* Je sais qu'elle avait choisi ce prénom à cause d'Oliver Barrett IV (Ryan O'Neal) qui tombe amoureux fou de Jennifer Cavalleri (Ali MacGraw). À cause de cette histoire d'amour qui ne durerait pas, mais serait d'une intensité inoubliable, presque insupportable. À cause de la musique de Francis Lai. À cause de nos larmes de crocodile, trois pleines boîtes de Kleenex, collyre toute la matinée du lendemain, Nadine et moi, en regardant le film deux fois de suite dans les bras l'une de l'autre, liquéfiées, fusionnées, après que Jo m'avait trahie, était parti, après que nos vies avaient bifurqué pour toujours.

Oliver a trois ans. Il a l'âge de mon exil. Il m'appelle *grammy*. Baragouine un franglais curieux pour moi qui ne connaît que *My taylor is rich* et *Sky, my husband !*. Je suis une grand-mère gâteau, *muffin*, *pancake*, *brownie* et *treacle tart*. Nadine m'a suppliée d'arrêter de lui envoyer des vêtements. On pourrait ouvrir toute une boutique, m'a-t-elle dit, mais je n'arrête pas. J'aime les boutiques pour enfants. Elles donnent envie d'en faire. Donnent envie d'en serrer dans ses bras. Contre son cœur. De sentir à nouveau les parfums de lait caillé et de brioche, de Mitosyl et de Mustela. Elles me rappellent mes joies de mère. Animales. Primitives. Elles me parlent de Nadège, ma petite fille qui n'a pas vécu dans le monde mais qui vit chaque jour dans l'infini de mon cœur.

Nadine et Fergus partagent leur temps entre Londres et Arras. J'ai loué une grande maison rue de la Housse, vue sur l'église Saint-Jean-Baptiste d'un côté, sur le beffroi de l'autre, à quelques dizaines de mètres de la place des Héros, du café où j'avais validé ce maudit ticket avec les jumelles, de la machine qui m'avait sorti le 6, le 7, le 24, le 30, le 32, et les étoiles numéros 4 et 5. Ils y ont leurs chambres, deux salles de bains. J'aime leurs bruits quand ils sont là, leurs rires, le désordre que met partout Oliver ; ils me rappellent mon enfance, lorsque maman dessinait le monde, que papa rentrait en sifflotant de l'usine chimique de Tilloy-lès-Mofflaines où il travaillait, parce qu'il était sur le point de découvrir un nouveau produit. Une solution pour les gens, disait-il, pas peu fier.

C'était le temps du ciel bleu. Le temps de l'innocence.

Je n'avais alors pas voulu encaisser mes 18 547 301 euros et 28 centimes parce que je soupçonnais que cette somme ruinerait nos vies. Et je ne m'étais pas trompée.

Il y a déjà trois ans de cela.

Aujourd'hui, et bien que je continue d'assister chaque semaine aux réunions des GA, je suis guérie.

Et je vais dépenser tout mon argent.

*15 186 004, 72 euros*

– Je m'appelle Thierry, et j'ai réussi à ne pas claquer plus de 2 500 euros cette semaine. (Applaudissements.) Merci. Merci à tous. (Il se racle la gorge.) Mais je dois quand même vous avouer que j'ai failli craquer pour une guitare ayant appartenu à Bob Dylan. (Il baisse un instant les yeux, comme un enfant honteux.) Et j'ai essayé de comprendre pourquoi, parce que je ne connais aucune chanson de Bob Dylan, et surtout, parce que je suis absolument incapable de jouer à la guitare. Je déteste même ça. Je me débrouille juste au piano. Bref, je n'ai pas gagné au Loto comme vous tous, ou à un jeu de hasard. Non. C'est pire. Bien pire. Fortune familiale. On naît dedans. On mange dedans. On se lave dedans. On vit royalement sur les intérêts, le capital ne s'érode jamais, les dividendes augmentent toujours. L'argent lapine, fait sans cesse des petits. Un peu comme si on se faisait les six numéros chaque semaine. (On le dévisage tous, tiraillés entre écœurement et empathie.) Quand j'étais enfant, si je regardais un jouet dans une vitrine, par exemple, juste si je le regardais, on me l'achetait, et ce n'était même pas amusant parce que je n'avais pas eu le temps d'en avoir envie ; plus tard, j'ai pensé que mes parents ne m'aimaient peut-être pas tant que ça, qu'ils achetaient mon affection, me gavaient de choses pour remplir leur vide d'amour. On m'a organisé des anniversaires avec magiciens, clowns, chevaux, baptême de l'air et, pour mes treize ans, l'incroyable visite de Catherine Deneuve déguisée en Peau d'Âne, car c'était mon film préféré. Quand plus tard mon film préféré a été *Basic Instinct*, jusqu'à la dernière minute, Sharon Stone a failli venir. Un problème de jet, je crois. On ne m'invitait par contre jamais aux anniversaires des autres. Je n'avais pas d'amis. Juste des jouets. Juste de l'argent. Juste ce qui sépare les gens. En grandissant, c'est la honte qui a grandi en moi. Ce cordon ombilical insécable. Plus tard j'ai rencontré des femmes qui voulaient rencontrer mon argent. Elles me quittaient quand elles avaient une nouvelle garde-robe ou une petite décapotable. J'ai dû travailler – enfin, être présent – dans l'affaire familiale. Mon rôle était celui d'une potiche. Je devais juste approuver. Signer. Encaisser. Et puis on a fui à Néchin, en Belgique, à 2,9 kilomètres de la frontière française, toujours à cause de la honte, celle d'être riches, et aussi du ras-le-bol, disait mon père, d'être une vache à lait. Néchin, vous n'avez pas idée. Même Depardieu n'a pas tenu, il a préféré la Russie.

On avait de l'argent à ne pas savoir qu'en faire et on se retrouvait dans une maison moche, au bord d'une route moche, des champs moches à perte de vue, des odeurs de bouse, d'épandage, un trou du cul majuscule. Alors, posséder la guitare du Prix Nobel de littérature, ça m'avait paru excitant. Un jouet à 200 000 euros. (Il essuie ses joues.) Mais j'ai tenu bon. J'ai cinquante ans et je suis là parce que je ne veux plus être cet enfant-là. Merci.

S'est ensuivi un silence pesant dans le groupe. Presque un chagrin. Puis le modérateur a toussé, comme on frappe délicatement à la porte d'une chambre, et on est tous revenus à nous. On a tous applaudi. Brigitte a murmuré à son voisin, Rater Sharon Stone de si peu, *le pauvre* – et le choix de l'adjectif m'a fait sourire.

Puis le modérateur a demandé qui voulait prendre la parole et comme personne n'a levé la main, il a levé la séance. Il a ajouté, sérieux comme un pape, C'était passionnant ce soir, d'une grande humanité. Vous avancez tous très bien, je suis content.

Certains sont partis aussitôt, d'autres sont allés se servir du café ou du jus de raisin, du cake aux fruits confits, des Pépito chocolat au lait, des bonbons à la menthe, et ont traîné un peu. Quelqu'un a crié, J'apporterai du vin la semaine prochaine, on n'est pas chez les Alcooliques Anonymes quand même ! Et on a ri.

Hubert, un autre membre des Gagnants Anonymes,

m'a souri et son sourire, comme chaque fois, m'a fait frissonner. Il semblait glisser sur moi, son sourire, comme une plume, une caresse ; alors, furtivement, clandestinement, je me suis sentie belle. Je lui ai répondu par un petit signe de tête, une timidité, et il n'a pas insisté. Hubert est très beau mais il a l'élégance ou l'intelligence de ne pas se servir de sa beauté. Il n'en fait rien de particulier. Il n'en cherche aucun pouvoir, n'en tire aucune arrogance. J'en deviens presque gênée de l'observer à la sauvette, parce que je ne peux pas m'en empêcher, parce qu'elle me rend heureuse, cette beauté, presque malgré moi. Comme une musique qui vrille le ventre, un tableau qui donne envie de danser. Alors, quand toute cette beauté me sourit, et même si j'ai toujours un peu de mal à croire que c'est pour moi, je la savoure.

Je me suis approchée de Thierry, bonne camarade. Il discutait avec Brigitte et une autre gagnante. Ce n'est pas facile ce qui nous arrive, disait-il, mais vous, si je puis me permettre, vous avez eu une vie normale *avant* de gagner. Vous avez été aimées pour vous-mêmes, sans calcul, sans intérêt. Moi, jamais. J'ai toujours été l'héritier, le gamin né avec une cuillère en or dans la bouche, celui qu'on montre du doigt, celui qu'on déteste. Jamais été moi. Je ne rêve plus que d'une seule chose désormais, et cette chose si pure, si belle, cette chose gratuite, que tout l'or du monde ne peut acheter, j'en suis privé. L'amour, j'ai murmuré, presque pour moi seule, en cherchant des yeux la silhouette d'Hubert, mais Thierry m'a prise dans ses bras et sa voix pleine d'eau a noyé ses mots.

– Alors, alors, dis-nous ! m'ont suppliée les jumelles une heure plus tard, au moment même où j'entrais chez elles.

Elles habitent toujours avenue des Fusillés, occupent toujours le vaste dernier étage d'une grande maison qui donne sur le jardin du Gouverneur. Leur mari n'était pas encore rentré ; oui, je dis bien *mari*, au singulier, car elles ont le même[1].

Depuis que je les connais, les jumelles sont inséparables. Si l'une part, l'autre dépérit. Quand l'une avait un amoureux, l'autre avait le bourdon, alors la

---

1. On peut parler ici de « ménage à trois », mais un vocable plus récent définit lui aussi cette situation : le *trouple.* C'est un couple composé de trois personnes, comme, par exemple, le trouple Sartre-Beauvoir-Kosakiewicz. Le trouple peut aussi être composé de deux hommes et une femme, ainsi Max Ernst, Paul Éluard et Gala. Ou de trois femmes, comme Edith Craig, Christabel Marshall et Clare Atwood. Etc. Les trouples présentent beaucoup de possibilités.

première abandonnait le gaillard, même s'il était le coup du siècle, comme le velu de chez L'Oréal, une odeur de bête celui-là, un coup d'anthologie – Oh que oui, oh que oui, se souvenait Danièle, à peine avait-il fait sa petite affaire que hop, son machin repoussait, redevenait tout dur et que je te remets ça, hop, hop, mais on n'est pas des bêtes quand même, oh ça non, tu as raison, bien raison, on a besoin de tendresse aussi, d'attentions, et le priapique, là, question conversation, minable, zéro, certes incollable sur les produits de coloration, un champion sur l'acide laurique et le 4-aminophénol, mais c'est pas ça dont on a besoin, nous les femmes, n'est-ce pas, Jocelyne ? On a besoin de ? On a besoin de ?

– De rêver ! lâchèrent-elles en chœur. On a besoin de notre petite grille bihebdomadaire et de nos espérances pour toute la semaine. Les hommes ne comprennent pas ça. Pas le cerveau pour ça. Des sauvages. Ils veulent. Ils prennent. Ils ne rêvent pas.

Pendant des années, Danièle et Françoise avaient cherché deux bons numéros, comme elles disaient. Des jumeaux. Même des siamois. Des frères. Des cousins très proches. Des sosies. Elles n'avaient rien trouvé de disponible, et voilà qu'un soir, au Copacabana, elles étaient tombées sur Christian. L'homme avait séduit l'une, embrassé l'autre quand l'une était allée aux toilettes, n'avait pas remarqué qu'elles étaient deux, en avait ri plus tard ; il s'était même montré très compréhensif ce soir-là face à la déception de l'une, qu'il avait, du coup, pareillement embrassée avec la même voracité. Les jumelles s'étaient réjouies – Au moins, on ne sera pas envieuses du jules de l'autre !

Leur trouple venait de naître.

Ils avaient tiré à la courte paille, Christian avait épousé Danièle mais il avait offert également un petit diamant à Françoise.

Au début, disaient-elles, on avait chacune essayé de passer avec lui une nuit sur deux, mais c'était si triste pour celle qui restait seule, alors on a tous très vite dormi ensemble, même si ça n'a pas été immédiatement simple ; tu imagines sans peine, Jocelyne, ce qu'il peut y avoir de choquant, on ne nous a pas trop appris, et puis ces choses entre sœurs, tout de même, c'est, c'est, c'est quand même du sexe, on se touche, on s'embrasse, c'est embarrassant. Mais Christian était semble-t-il parvenu à gommer leurs craintes et, depuis deux ans maintenant, tout ce petit monde était parfaitement et joyeusement heureux.

Le seul truc, a ajouté Danièle, c'est que s'il était beau, ça ne serait pas plus mal. Mais on ne peut pas tout avoir, l'a rassurée Françoise.

– Alors, alors, dis-nous, Jocelyne ! Et toi ? Un homme en vue ?

Moi ? J'ai lâché un bref soupir.

Moi, je creuse parfois mes souvenirs pour tenter d'en retrouver un doux avec mon mari, un regard gourmand, une caresse affamée, tout cet empressement que je prenais alors pour de la tendresse. Je me remémore les immenses douceurs de mon Vittorio Gassman à Nice, son élégance surannée, sa façon délicate de goûter à mes rondeurs qu'il trouvait *belle e dolci*, et ma main refait alors parfois connaissance avec ma chair, ma peau – ma peau est froide souvent, on s'éteint de ne plus être touchée, pétrie. Moi, pour l'instant, je me contente du sourire furtif d'Hubert lors de nos réunions des GA, des mots que j'imagine que ses lèvres me soufflent ; pour l'instant, assise à la caisse de ma mercerie ou à la terrasse d'un café, place des Héros, je ferme parfois les yeux et je les entends ces mots, ils murmurent que je fais encore envie, que mon corps est encore en vie, c'est Hubert qui les chuchote, et je n'ouvre pas les yeux tout de suite, j'ai trop peur que ce ne soit qu'un rêve, qu'il n'y ait plus assez de terre en moi pour y faire féconder le désir et l'amour. C'est long de renaître à soi après une trahison, après un coup de couteau, mais oui, j'espère, secrètement, un dernier amour, celui dont on sait *intimement* qu'il est le dernier, celui qui en plus apporte la paix. Mais je n'ai rien dit de tout cela aux jumelles. Je leur ai juste répondu :

– Non, personne en vue.

Et je les ai laissées parce que je n'aime pas qu'on me voie pleurer.

Une vingtaine de minutes de marche jusqu'à chez moi, rue de la Housse. Il est tard. Je retrouve ma grande maison vide. Plus bas, les cafés ont fermé. Demeurent le bruit sourd de quelques voitures, vers la rue Émile-Legrelle, des pétarades plus loin, sur le boulevard Faidherbe, les caïds des quartiers ouest qui font le tour de la ville en faisant flasher les radars, les plaques d'immatriculation caviardées, un bandana qui masque leur visage, leurs doigts d'honneur bagués derrière le pare-brise, avant de s'évanouir d'un coup.

Je n'ai pas sommeil. Je me sers un verre de vin. Je ne buvais pas, *avant*. Jo éclusait des bières, moi je n'aimais pas ça. Je n'aimais pas ce que l'alcool lui faisait faire, la façon alors dont il me regardait, ses mots, ses gestes brusques. C'est Vittorio plus tard, à Nice, qui m'a fait découvrir le vin, des merveilles italiennes – Sassicaia, Barolo ; il disait des baisers liquides, il parlait de *mazzo di profumo* et ses mots étaient comme de la musique. Le vin m'étourdissait toujours un peu, ma peine s'effilochait alors pour quelques heures.

Je m'installe devant l'ordinateur. Accède à mon blog. *Dixdoigtsdor.* Je réponds à une partie du courrier, toujours important. Prodigue des conseils. Pour terminer un fil, faites passer votre aiguille sous les derniers points de l'envers de la toile et coupez les excès de fil. Élucide les questions. Avez-vous de la laine révélation multicolore DMC en 150 grammes ? Oui. Un tricotin en forme de cochon rose ou tout autre animal de la ferme ? Oui. Sauf le canard et la vache, nous sommes en rupture. Et au milieu de tous ces mails, s'en trouve un de mon fils Romain.

Il ne m'avait pas pardonné de ne pas avoir pardonné à Jo. J'avais tenté de le raisonner, de lui expliquer l'immense trahison de son père, ce coup de poignard dans nos cœurs à tous, car c'est nous tous qu'il avait abandonnés, pour une voiture, une vie dorée, pour des chimères. Mais les larmes avaient aveuglé mon fils, C'est de ta faute si papa est mort ! De ta faute ! Il voulait rentrer et tu as refusé ! J'avais essayé d'apaiser sa souffrance comme je l'avais toujours fait durant toutes ces années de maman, mais cette fois-ci, il m'avait méchamment repoussée. J'avais trébuché, ma tête s'était fortement cognée au mur de sa chambre, j'étais tombée, sonnée, et j'avais pensé à ma mère qui s'était effondrée, elle aussi, dans la rue. Les mamans ne se relèvent pas toujours. Romain avait claqué la porte et disparu.

Je ne l'avais pas revu pendant deux ans.

C'est sa sœur Nadine qui me donnait de ses nouvelles. Il vivait à Sassenage, près de Grenoble, travaillait toujours dans un vidéo-club, avait une copine, une *pole dancer*, précisa-t-elle. Parle français, ma chérie. Eh bien, elle danse assez dénudée autour d'une barre verticale, dans un petit bar près de la gare. Ah. Et il est heureux ? Je ne sais pas, maman, c'est Romain.

Pendant deux ans, j'avais tous les jours secrètement espéré de lui un signe, une lettre, une carte d'anniversaire. Rien. Son silence mitait mon cœur de maman, mais je le respectais. Je n'embêtais pas Vittorio avec ça, je n'en parlais à personne, j'étais affreusement seule dans le chagrin d'une mère à qui il manque un petit.

Et puis un matin, d'un coup, comme Brigitte pour son sac Birkin, j'avais pris le train pour Grenoble. Arras-Paris. Gare du Nord, gare de Lyon. Paris-Grenoble. Le temps de tricoter un bonnet en demi-côtes anglaises. Un taxi jusqu'à Sassenage. Sept kilomètres. Une quinzaine de minutes. Le chauffeur m'avait regardée curieusement, presque avec gourmandise, lorsque je lui avais donné l'adresse du vidéo-club.

Sa façade était aveugle, uniformément noire, surmontée d'un néon rose fluo dont les lettres formaient une exclamation : *Oh oui !* Le chauffeur s'était tourné vers moi, paupières mi-closes, lèvres humides, m'avait demandé d'une voix à la Gabin s'il pouvait faire autre chose pour moi. Ma journée est terminée, miss, je suis tout à vous, et, parce que je sais que les hommes peuvent être méchants lorsqu'on les rabroue, je lui avais gentiment souri et murmuré, Merci, mais je préfère les femmes. Son visage s'était aussitôt rembruni. Vous ne savez pas ce que vous perdez.

La boutique était tout en longueur, les étagères très bien achalandées – bâillons boules, martinets, vibromasseurs, lingerie ouverte ; je crois que j'ai rougi. Et mon fils, là-bas, au fond, près de la caisse, plongé dans un livre. Il avait levé les yeux lorsque j'étais entrée. Ils s'étaient écarquillés. Puis un sourire avait fleuri sur son visage. Ses lèvres avaient tremblé. Deux syllabes s'étaient envolées, *Maman*, et j'avais su que nous n'étions plus en guerre.

Romain s'était levé, il était plus grand que Jo désormais, plus beau aussi, il s'était dirigé vers moi, jeté dans mes bras, et je m'y étais abandonnée. J'aurais voulu qu'il me broie, me réduise en sable, en cendres ; me fondre en lui, être la chair de mon fils, sa peau, sa maman éternelle.

Nous étions allés boire un café à quelques rues de là.

Je suis content que tu sois venue, m'avait-il dit. Je suis contente d'être venue, lui avais-je dit.

Nous nous étions retrouvés.

Plus tard, je lui avais avoué qu'à moi aussi Jo manquait. Qu'au-delà de sa trahison, il restait de notre histoire beaucoup d'amour. Des années gorgées d'amour, car une forfaiture n'efface pas d'un claquement de doigts tout ce qu'on a été. Et ton père a été quelqu'un de formidable, Romain. Quelqu'un qui nous aimait tous. Qui rêvait d'une vie meilleure pour toi, pour ta sœur. Il voulait devenir contremaître à l'usine pour ça. Il se battait. Tu l'aurais vu me réciter les règles de sécurité alimentaire ! La chaîne du froid ! Tu peux être fier de lui.

Les yeux de mon fils s'étaient embués. Il me manque tellement, avait-il murmuré. Mes mains avaient tremblé lorsque je lui avais proposé de rentrer avec moi. Mes larmes, lorsqu'il avait répondu, Je ne peux pas tout de suite, mais un jour, oui.

Dans son mail, il m'annonce qu'il s'est séparé de sa danseuse, qu'il veut changer de vie et revenir à Arras. Mon petit cœur tambourine. Voilà que c'est précisément au moment où je décide de dépenser tout mon argent que Romain décide de rentrer. Peut-être est-ce toi là-haut, mon Jo, qui nous réunis enfin, loin de ce maudit argent, qui essaies de réparer.

Mais bien sûr, rien n'est simple.

Je ne peux en parler qu'à papa car je sais que trois minutes plus tard désormais, il aura tout oublié, il n'ira pas se répandre dans le quartier en proférant, Ma fille a quinze millions à dépenser ! et attirer tous les aigrefins, les filous, les voleurs et les menteurs. On tue déjà pour une simple cigarette.

– Qui êtes-vous, mademoiselle ?

– Je suis ta fille, papa. Ta fille unique. Je suis celle qui s'occupe de toi depuis que maman est morte. Qui t'achète de la mousse à raser quand tu n'en as plus. T'invente des vies pour que tes vides se peuplent de héros, parce que tu es le mien.

– Qui êtes-vous ?

– Je suis votre assistante, monsieur. Je viens vous prévenir que les acteurs sont en place, que l'éclairagiste est prêt. On n'attend plus que vous pour tourner.

– Tourner ?

– Vous êtes réalisateur de cinéma.

– Ah oui, les acteurs. Mais qui sont-ils ?

– Simone et Yves.

– Simone et Yves. Ils sont doués ces deux-là ?

Je souris.

– Ce sont tes acteurs préférés, papa. Simone depuis *Le Chat* et Yves depuis *César et Rosalie.*

– Qui êtes-vous, mademoiselle ?

– Je suis ta fille, papa, et je viens t'annoncer que mon fils, ton petit-fils, revient vivre avec nous et que je n'ai pas été aussi heureuse depuis longtemps. Te dire aussi que tout cet argent dont je t'ai parlé, eh bien je vais le dépenser cette fois-ci, et j'ai besoin de toi car je n'avais aucune idée à quel point c'est difficile, contrairement à ce qu'on pense, de savoir quoi en faire[1]. On rêve d'avoir plein d'argent, on se dit qu'on ferait ça, qu'on achèterait ça, qu'on offrirait ça, qu'on irait là, qu'on changerait de vie, de maison, de voiture, qu'on ne regarderait plus jamais le prix des choses, et quand on en a soudain beaucoup, voilà qu'on se rend compte que le bonheur, c'est de continuer à

---

1. Liste non exhaustive de ce que l'on peut s'acheter avec 15 millions :

2 926 paires d'escarpins Louboutin.

5 appartements sur le Champ-de-Mars, avec vue sur la tour Eiffel.

Le jubilé rubis ovale, 14 carats. (Mais ça fait mémère.)

72 Ferrari 488 GTB. Ou 380 Mini Cooper. Ou 1 267 Dacia Sandero.

600 nuits au Royal-Monceau à Paris, dans la suite présidentielle. (Ça doit faire bizarre le petit matin du 601e jour, quand le *doorman* vous dit au revoir.)

185 000 pièces environ chez Zara.

1 578 947 paquets de Chesterfield Original Red (les cigarettes que fumait maman parce qu'elle adorait le graphisme du paquet).

*La Paysanne devant une chaumière*, de Van Gogh (1885). Pas mon préféré, mais pour *Les Tournesols,* il faut malheureusement compter plus de 40 millions.

1 appartement de 6 pièces (pff, quelle mesquinerie) à Monaco. (Vue mer quand même.)

1 072 sacs Birkin en autruche. (Mais pas avant quatre ans, Brigitte !!!)

15 196 enveloppes contenant chacune mille euros à offrir dans la rue. Ou 156 960 de cent. 1 569 000 de dix. Et ainsi de suite.

désirer ce qu'on possède, qu'on est riche de tout ce qu'on a déjà, mais qu'on ne le voit plus, tant on se lasse si vite de tout. La joie que me procure Romain en revenant n'a pas de prix, papa. Ton sourire, quand tu crois me reconnaître, est inestimable.

– C'est bien, marmonne-t-il, c'est bien. L'argent, c'est de l'eau, ma petite fille. Ça emporte les choses. C'est l'amour qui les amène. Mais dites-moi, qui êtes-vous ?

– Alors, Fanny, quoi de neuf cette semaine ?

Fanny chausse ses lunettes. Ses yeux s'agrandissent soudain. Une petite grenouille. Elle sort une feuille. La déplie. Je l'encourage du regard.

– J'ai envoyé 20 euros à la Ligue contre le cancer, dit-elle, 15 aux Restos du cœur, 15 également aux Apprentis d'Auteuil. Et 10 à Tulipe, c'est une association qui distribue des médicaments dans le monde. (Applaudissements.) Je sais que vous pensez tous que ce n'est pas beaucoup, mais si je donne trop, je n'aurai plus rien. Avoir été pauvre ne rend pas généreux, je suis désolée. Ça rappelle juste qu'on ne veut plus l'être. Plus jamais. Pour rien au monde. J'ai déjà donné presque 1 200 euros depuis cinq mois que j'ai gagné. (Applaudissements.) Je n'ai jamais eu 1 200 euros à moi, rien qu'à moi, 1 200 euros ! Vous ne savez pas ce que c'est quand on n'a rien. Quand on a faim. Ce gain, c'est comme un manteau qu'on m'a offert. Mon premier manteau. À quarante-deux ans. Je me souviens que je n'en avais pas lorsque j'étais petite fille. Ma mère me superposait deux ou trois pulls qu'elle avait tricotés, dans des tailles différentes pour que je puisse les enfiler et les ôter plus facilement. Et les jours glacials d'hiver, elle ajoutait du papier journal sous mon maillot de corps. (Temps.) Je sais que ce n'est pas un gros gain par rapport aux vôtres, mais ces 88 000 euros que j'ai gagnés avec cinq bons numéros et une étoile, ce sont des réserves essentielles pour moi. Des réserves de nourriture, de bois, et surtout d'économies pour l'opération de mon petit neveu qui a un médulloblastome. (Exclamation étouffée d'effroi de tout le groupe, suivie d'un silence douloureux. Puis Fanny relève son visage, son doux sourire s'y pose, y efface la peur.) J'ai aussi mis de côté pour une nouvelle télévision, mais l'ancienne fonctionne encore, alors j'attends. (Applaudissements.) Et je voulais vous remercier pour votre soutien à tous, qui vaut tout l'or du monde pour moi. Je ne sais pas comment le dire, mais je me sens en famille avec vous. Ah, et j'ai apporté une tarte, que j'ai faite. Merci.

– Merci à vous, Fanny, dit le modérateur, la voix cassée.

Puis il nous considère tous, l'un après l'autre, l'air grave, tel un petit oiseau de malheur, comme le docteur Caron, notre médecin de famille dans le temps, dont on pensait, à chaque fois qu'il ouvrait le bec, qu'il allait nous annoncer un diagnostic affreux.

– Avoir été pauvre, a dit Fanny. Combien d'entre vous sont subitement passés de l'ombre de la pauvreté à la lumière de la richesse ? Combien d'entre vous ont ressenti ce vertige ? Cette abomination. Et à la fois, cette illumination. Ce désastre et cette joie. (Il baisse soudain la tête, comme une marionnette qui se relâche. Fait silence. Puis reprend, la voix toujours enrouée :) Je vous demande pardon. C'était inapproprié. Le témoignage de Fanny m'a bouleversé. (Applaudissements.) Qui souhaite prendre la parole ?

La main d'Hubert se lève.

– Hubert. À vous.

Hubert est très beau, je l'ai dit, il possède un charme fou et, bien qu'il ait une bonne soixantaine d'années, il ne viendrait à personne l'idée de le qualifier de *vieux beau*. Il ressemble un peu au baron Empain avant son enlèvement, quand les rides autour de ses yeux évoquaient davantage des rayons de soleil que des coups de cutter. Les vieux beaux, eux, ont la peau trop cuivrée, ils se déplacent en Porsche, se pavanent avec une fille de vingt ans à leur bras, la fille rit toujours un peu trop fort à leurs galéjades parce que souvent la fille a un QI de limace, mais elle s'en fiche parce qu'elle est belle et que sa beauté lui rapporte l'équivalent de quatre numéros et deux étoiles à l'EuroMillions chaque semaine. Hubert parle peu lors de nos réunions des GA, mais lorsqu'il s'exprime, tout le monde est concentré, les femmes plus encore. Brigitte pose alors sa main sur son cœur comme elle le ferait sur l'autruche d'un Birkin. Pascale (1 930 083 euros au Loto) papillonne des paupières. Isabelle (3 067 589 euros à l'EuroMillions) a des palpitations. Julie (997 804,22 euros au Loto) rougit. Et moi, mais cela ne se voit pas, mon cœur s'affole toujours. J'avais ressenti pareil emballement pour Jo la première fois que nous nous étions vus à la mercerie, où il était venu acheter pour sa mère trente centimètres de dentelle de Valenciennes. Une merveille, avais-je commenté, tandis qu'il examinait la guipure. C'est vous qui êtes une merveille, m'avait-il reprise – les hommes savent quels mots vrillent le cœur des filles et le mien avait fondu. Alors oui, je me remets à rêver, même si mon corps ne possède plus l'allégresse de ses vingt ans, que les naissances de trois enfants lui ont laissé quelques méchantes traces de barbelés et que ma peau, si elle a conservé sa douceur, son moelleux, se chiffonne désormais çà et là, comme une toile de lin. Mais lorsque Hubert me sourit, mes doutes s'envolent ; et même si depuis plus de dix-huit mois maintenant, ni les mains, ni la chaleur, ni le vertige d'un homme n'ont consumé ma chair, que l'idée même d'être à nouveau touchée, dénudée, me terrifie, les braises de mon ventre s'embrasent encore.

C'est le désir, ma petite fille, aurait dit maman, c'est *le regret de l'absence.*

Il n'y a que Fanny qui semble insensible au charme

d'Hubert. Je me méfie de ce genre de type, dit-elle. Trop beau. Trop gentil. Trop tout.

Secrètement, je rêve d'ajouter trop amoureux, trop bon amant, trop fait pour moi.

Nous avions tout de suite sympathisé, Fanny et moi, le soir même où elle avait rejoint la réunion des Gagnants Anonymes, il y a trois mois. Elle semblait perdue, épaules voûtées, regard fuyant, teint pâle. Je l'avais accueillie, lui avais désigné la salle d'un geste ample, théâtral, Ici, le faux parquet en linoléum, là, les murs dont les anciennes taches d'humidité font office d'anciens tableaux, les chaises bancales, la table en Formica, mais le café est bon, bienvenue chez les millionnaires ! Elle avait souri, son sourire était beau, dessinait une fossette sur sa joue droite, presque un sourire d'enfant, sans intention, et c'est justement cette absence d'intention qui nous avait aussitôt rapprochées.

Je m'appelle Jocelyne. Fanny. Ravie. Moi aussi.

Après la réunion, nous étions toutes les deux allées boire un cocktail aux Trois Fûts, place des Héros. On s'était un peu racontées. Oh, c'était toi la gagnante d'Arras ? Quelle chance, mais aussi quelle défaite, l'argent. Je crois que tu as eu raison de ne pas vouloir le dire, Jocelyne, il y a tellement de charognards, et souvent beaucoup plus près de soi qu'on l'imagine. J'avais immédiatement pensé à Jo, mon visage était devenu une cire chaude, s'était mis à couler. Excuse-moi, s'était-elle empressée d'ajouter, pardon. Elle s'était tue un instant, avait eu un sourire de vaincue. Moi aussi, mon mari m'a quittée, avait-elle dit, mais pour une femme plus jeune, une assistante dentaire. Il a emporté le micro-ondes, le lave-linge, la couette et la Nespresso. J'ai pleuré pendant trois mois, j'ai fini par trouver un T1 en HLM, chemin des Augustines, et maintenant qu'on pense qu'avec mes 88 000 euros je suis *millionnaire*, on me fait comprendre que ça serait bien que je libère les lieux. On est toujours le riche de quelqu'un, c'est horrible.

Alors nous nous étions prises dans les bras l'une de l'autre et nos larmes nous avaient reliées.

– Hubert. À vous.

– Je voulais remercier Fanny pour son témoignage qui, je trouve, remet profondément les choses en place et devrait tous nous faire grandir. (Approbation générale.) Et surtout te dire, Fanny, que je suis un très bon ami du professeur Jacques Jolly, le chef du département de cancérologie de l'enfant à Gustave-Roussy, et que si tu veux un second avis pour ton neveu, je peux t'aider. (Applaudissements.)

– Merci, lâche Fanny. Je te le dirai, si j'ai besoin. (Applaudissements.)

– Je voudrais ajouter, poursuit Hubert, que j'ai été très ému par le témoignage de Jocelyne la semaine dernière, à propos de la trahison, et que ça m'invite à davantage d'altruisme. (Applaudissements, et, dans ma poitrine, un petit gars avec un feutre gris posé sur l'arrière de sa tête chante *Quand notre cœur fait boum / Tout avec lui dit boum.*)

Mais rien n'est jamais simple.

Voilà. J'ai cinquante et un ans et j'aime ma vie.

Je ne sais pas si je le dois à l'attitude d'Hubert, à sa discrète envie de me plaire, sans aucun empressement, sans aucune balourdise, juste dans la légèreté des possibles ; nous sommes lui et moi à l'âge où les mots ne disent plus grand-chose, mais un regard, oui, un sourire, oui, un geste, oui, et il est là notre langage ; ou grâce à ma joie à l'idée de dépenser enfin mon maudit argent.

En ce qui me concerne, je n'ai pas besoin de beaucoup. Je ne porte pas de bijoux, n'ai pas de vêtements de grandes marques, me maquille assez peu, en vacances au Touquet je descends dans un hôtel modeste mais aimable, le Gaspard ou le Cocoon Inn, j'ai un blog mais je ne l'utilise pas pour faire ma Kardashian, parfois une manucure chez Coiff'Esthétique, le salon de coiffure des jumelles ; je gâte, c'est vrai, un peu mes enfants et toujours un peu trop mon adorable petit-fils Oliver, et je mets de l'argent dans la mercerie les mois où le chiffre d'affaires est plus faible, quand il devient difficile de payer Mado ou les marchandises, ce qui arrive de plus en plus souvent à cause de la concurrence féroce des grandes surfaces, mais surtout celle d'Internet qui propose des soies jacquard, du satin, de l'écossais polycoton, du velours, du liberty, à des prix si dérisoires qu'ils font s'interroger sur l'exacte valeur d'une chose. Les gens achètent des « prix » sans savoir (ou en fermant les yeux sur le fait) que pour la plupart, ces tissus sont fabriqués par des enfants en Inde, au Pakistan ou en Birmanie – où ils sont payés 31 centimes de l'heure, travaillent onze heures par jour, six jours par semaine –, et quand on le leur signale, ils baissent un instant les yeux mais poursuivent leurs achats en se réjouissant secrètement de la livraison gratuite.

L'argent manque partout, dès le 20 du mois dans la plupart des familles, parfois plus tôt, et je suppose qu'elle est là la raison qui pousse à mettre ses principes et sa morale en sourdine.

C'est la faim qui commande.

Ce n'est même plus le désir. Même plus l'espérance.

Juste la faim.

On dit que l'argent ne fait pas le bonheur.

C'est faux.

L'argent fait le bonheur. Le bonheur des autres.

## *Dépense numéro 1 – 10 000 euros*

– C'est une sorte de caméra cachée, c'est ça ?

Non.

La seule chose que j'aie essayé de dissimuler, c'est mon visage, mais mon accoutrement – larges lunettes fumées (Pucci, je crois) prêtées par les jumelles, (faux) carré Hermès des jumelles et rouge à lèvres des jumelles (vrai Dior) – attire finalement autant l'attention que le trilby, la moustache et la loupe de l'inspecteur Clouseau dans la série des *Panthère rose* qu'on adorait regarder avec papa et maman, les week-ends arrageois pluvieux, tous les trois serrés sous une épaisse couverture.

La femme me considère de nouveau, son air oscillant entre suspicion et amusement. Puis elle regarde autour d'elle. Cherche des indices, un caméraman planqué quelque part, quelque chose d'inhabituel. Puis repose sa question.

– C'est pour la caméra cachée ?

Nous sommes à l'une des caisses du grand Leclerc

d'Arras. Je suis côté sortie. Je me suis approchée d'elle au moment où la caissière finissait de scanner tous ses articles et, lorsqu'elle a annoncé le montant total, 201,57 euros, je lui ai proposé de le régler à sa place.

– Mais pourquoi voulez-vous payer mes courses ?

– J'ai envie de faire plaisir. Besoin de partager.

– C'est assez déconcertant. Normalement on cherche plutôt à me piquer mon Caddie.

– Je suis sérieuse. Honnête. Laissez-moi vous offrir vos courses.

– Vous avez gagné au Loto ou quoi ?

Je souris.

– Vous ne pensez pas si bien dire.

La femme éclate de rire.

– C'est pour quelle émission ? TF1 ? *Les Invisibles ?* Arthur ?

J'ôte mes lunettes ridicules.

– J'ai gagné beaucoup d'argent à l'EuroMillions et comme je ne vais pas me mettre à acheter ce dont je n'ai pas besoin, j'ai décidé de donner. Et ça, dis-je en désignant ses courses et le ticket que lui tend la caissière, ça, c'est une façon de le faire.

– Si c'est vrai, vous allez faire un sacré buzz ! C'est adorable de votre part, madame, vraiment, je vous remercie, mais je peux encore payer mes courses.

– Alors je vous en prie, faites, lâche soudain la caissière impatiente en levant les yeux au ciel.

Je m'éloigne, déçue, mal à l'aise. Fait-on plaisir

à l'autre pour soi ou pour lui ? Suis-je égoïste en voulant partager mon argent ? Peut-être ai-je insulté cette femme, finalement ? Sa dignité. Peut-être a-t-elle pensé que je la jugeais *pauvre* ? De quel droit ? Quelle idiote je fais. J'oublie toujours qu'en grandissant, la plupart d'entre nous perdent leur âme d'enfant, leur capacité à s'émerveiller de tout, à accepter un cadeau sans qu'ils aient rien demandé, sans qu'ils en aient même besoin, car c'est là toute la beauté d'un cadeau.

Le désintéressement.

Maman me répétait toujours que c'est dire *oui* qui est le plus difficile.

Recevoir, le plus difficile.

Je retente le coup plus loin, caisse numéro 12, où un couple finit de poser ses articles sur le tapis roulant. Lui, une sorte de bon géant. Elle, de petite plume. Je leur offre de payer leurs courses, 78,95 euros. Ils se regardent, pour un peu ils se pinceraient. Pourquoi pas ? lance-t-elle, incrédule. Pourquoi pas ? répète l'homme.

Puis il considère leurs achats sur le tapis, semble chercher quelque chose dans le Caddie et s'exclame :

– Zut, j'ai oublié quelque chose !

Il s'éloigne rapidement. Revient moins de trois minutes plus tard, le carton d'un écran plat Samsung 163 cm dans les bras, 799 euros. Mais en ce moment, précise-t-il, malicieux, il est en promo, à 699 seulement.

Sa femme lui demande s'il a bien pris également la barre de son. Il paraît que ça rend vraiment bien pour les films, dit-elle, on se croirait au cinéma. Alors, sans attendre ma réaction, l'homme file de nouveau au rayon TV et en revient chargé d'un nouveau carton, 449 euros cette fois ; il baisse les yeux, gêné. Je sais, dit-il, mais le vendeur m'a affirmé que c'est ce qu'il y avait de mieux. Vous avez bien fait, lui dis-je en souriant.

Comme je suis contente.

Je sors des billets de mon sac.

– Vous êtes de la famille, me demande la caissière, ahurie, ou une amie ?

– Ah pas du tout. Je ne connais ni monsieur ni madame.

– Je ne comprends pas, ajoute-t-elle.

– Nous non plus, dit la cliente, mais ne cherchons pas, ne cherchons pas à comprendre, merci, merci bien.

Puis, se tournant vers son mari :

– Un ordinateur, tu n'as pas eu le temps ?

– Disons, précisé-je à la caissière, que j'ai un peu trop gagné au Loto et que ça me fait plaisir de partager.

– Mais on ne peut pas *trop* gagner au Loto ! s'exclame-t-elle. C'est du jamais-vu, ça. Bon, ça fait un total de 1 226,95 euros. Vous êtes sûre que vous voulez payer pour ces messieurs-dames ?

– Certaine.

Elle compte mes billets et soudain s'arrête, lance :

– Mais c'est pas possible.

– Qu'est-ce qui n'est pas possible ? interroge le couple en chœur.

– Oui, qu'est-ce qui n'est pas possible ? m'inquiété-je à mon tour.

– Ce n'est pas possible, répète la caissière. Vous ne pouvez pas payer 1 226,95 euros.

– Mais elle a l'argent, insiste la dame maintenant toute pâle.

– Oui, il est même là, dans vos mains.

– Je vois bien qu'elle a l'argent, réplique la caissière, mais c'est trop.

– Trop ?

– 1 226,95, c'est trop. C'est 226,95 de trop.

– Je ne comprends pas.

– Moi non plus.

– La loi, explique alors la caissière, n'autorise les paiements en espèces que jusqu'à 1 000 euros. Autrement dit, c'est interdit d'aller au-delà.

Le monsieur pourrait tomber, se maintient à la caisse, puis considère sa femme :

– On ne va quand même pas remettre la barre de son ?

– Autant tout remettre, alors, lâche-t-elle, effondrée.

– Et si, suggéré-je, et si monsieur passe après madame avec la barre de son ? Ça ferait deux tickets. Chacun de moins de 1 000 euros.

– Ah, mais c'est une excellente idée, dit la dame.

– Du génie, même, surenchérit l'homme.

Le couple retrouve des couleurs, le visage de la caissière s'éclaire d'un joli sourire, c'est une petite épiphanie, puis son expression change soudain, elle se penche vers moi et, dans un murmure, me demande :

– Vous serez encore là dans deux heures ? Parce que j'ai ma pause et que j'ai moi aussi quelques petites courses à faire.

Suivent une maman et sa fille. L'enfant a neuf ans, elle a bien compris ce qui se passait. Elle me jette un coup d'œil. Puis un autre vers les paquets de Mentos fruits sur le petit présentoir près de la caisse. Je souris. J'opine. Elle lève son pouce, interrogateur. J'écarte mes doigts pour faire le chiffre cinq. Ses yeux brillent. Elle fourre aussitôt cinq rouleaux dans le Caddie à la vitesse de l'éclair. Sa maman accepte de bonne grâce – Vous êtes une sainte – que je paie les Mentos et l'ensemble de son Caddie. 196,74 euros. En partant, la petite fille m'offre un bonbon à la fraise. C'est mes préférés, dit-elle.

Un attroupement s'est formé.

Tous les clients ont changé de file, font maintenant la queue à la caisse numéro 12. Les Caddies débordent. Un homme en pousse deux, remplis de packs de bière. Une jeune femme, un chariot chargé de paquets de couches pour bébé, s'excuse, On a prévu de faire un enfant l'année prochaine, m'avoue-t-elle, mais c'est tellement cher les couches, et comme il en faut environ 7 par jour, 217 par mois, 2 604 par an, c'est un énorme budget, alors grâce à vous, j'anticipe, merci, merci. Prenez aussi des biberons, lui dis-je, des Babygros et quelques jouets. Vous êtes sûre ? Oui. Je peux vous embrasser ?

Un adolescent maintenant. Il tient dans la main un flacon d'eau de toilette Thé des Vignes, 23,85 euros. Juste ça, c'est pour ma mère, me confie-t-il, elle en a toujours eu envie, mais elle dit que c'est trop cher pour nous.

Les gens se poussent. Quelques bousculades. Deux vigiles interviennent, tentent d'organiser le chaos. Il y a plein de caisses libres à côté ! crie l'un d'eux. Mais personne ne bouge, tout le monde attend à la numéro 12. C'est Noël aujourd'hui. Des clients sont même applaudis lorsqu'ils passent la caisse, tandis que je règle leurs achats. On m'acclame également. On me filme avec des téléphones portables. C'est un moment irréel.

Quand il ne reste rien des 10 000 euros que j'avais emportés, je pars. Ceux qui n'ont pas eu de chance protestent. J'entends même une ou deux méchancetés à mon endroit. Sur le parking, un homme me rattrape, se plante devant moi. Il est tout rouge. Pourquoi vous ne payez pas mes courses ? L'autre connard avec ses deux Caddies de bières, oui, mais moi, avec un gâteau d'anniversaire au chocolat, huit petites bougies, deux bouteilles de Coca et une voiture Avengers télécommandée, non ? Je n'ai plus rien sur moi, lui dis-je, je suis vraiment désolée. Connasse, va ! C'est facile de faire rêver les gens et puis de les planter ! me crache-t-il au visage.

– Mais c'est qui ce mec !? hurlent les jumelles. C'est qui ce rougeaud ? T'es comme une Robine des Bois et tu te fais insulter ! Non mais il va pas bien, le monde !

– Pas bien du tout[1], renchérit Françoise.

Nous sommes toutes les trois dans leur salon Coiff'Esthétique en train de savourer un petit café quelques minutes avant la réouverture de quatorze heures. J'ai apporté des mini-bouchées Côte d'Or au chocolat, Tu es folle, Jo, disent-elle, mais elles en raffolent. Je leur ai raconté ma matinée au Leclerc, principalement la joie des clients à qui j'offrais leurs

1. Le taux de chômage est alors indécent (près de 12 %). La croissance dépasse à peine 1 %. Le risque terroriste est au plus haut. L'affaire des moteurs truqués Volkswagen donne envie de vomir. 44 % des Français aspirent à plus de pouvoir d'achat. Et le président François Hollande déclare : « Il y a ceux qui n'attendent plus rien, je fais en sorte de leur apporter ce qu'ils attendent. »

courses, car c'est cela qui m'a rendue profondément heureuse ; les méchancetés je les comprends et n'y peux rien.

Mais voilà que Danièle me regarde comme si elle ne m'avait jamais vue. Des mots semblent pousser dans sa gorge, ne parviennent pas à sortir tout de suite. Elle force un peu et ça y est :

– M-mais pourquoi as-tu donné 10 000 euros à des inconnus, Jo ? C'est beaucoup d'argent tout de même !

Françoise lui donne un petit coup de coude.

– Enfin, Danièle, tu sais bien.

– Je sais bien quoi ?

– Les Mini, il y a trois ans, avec les *oignons jacques*[1] peints sur le toit, celles que nous a offertes Jo, tu sais très bien d'où elles venaient quand même.

– Ben de… de… du concessionnaire à Beaurains, tiens !

– D'où elles *venaient*, Danièle. De quelle poche. De quel argent. Qui les a payées. Tu crois que Jo, elle roulait sur l'or avec sa mercerie, quand Jo l'a quittée ? Tu sais combien il faut en vendre, des pelotes de laine, pour payer deux Mini avec des oignons jacques sur le toit ? Combien d'aiguilles à tricoter ?

Je souris. Jette une mini-goutte d'huile sur le feu :

1. À peine un Français sur quatre parle l'anglais. Et si l'accent français a été jugé « l'accent le plus sexy du monde », *oignon jacques* pour dire *Union Jack* peut sérieusement en faire douter.

– Sachant que la paire, aluminium, 40 cm, est à 6,50.

Danièle s'étouffe. Je me précipite. Lui assène deux grandes claques dans le dos. Françoise lui tend un verre d'eau. Quand Danièle en a bu une gorgée, elle retrouve des couleurs mais son regard est sombre.

Elle nous considère curieusement l'une après l'autre, se lève, s'empare d'une bouteille de morillon blanc dans l'un des placards de la kitchenette.

– M'enfin, il est quatorze heures, Danièle, tu ne vas pas te mettre à l'apéro ! s'exclame Françoise.

Mais Danièle ne lui répond pas. C'est moi qu'elle dévisage maintenant, l'œil assassin. Moi qu'elle abhorre plus que tout à cet instant.

Elle débouche la bouteille dans un geste de colère, s'en verse une large rasade dans un gobelet de plastique et le vide cul sec.

– Quand on rêvait de seins plus gros, m'interroge-t-elle, d'un lifting des paupières et d'un été à Paleokastrítsa à Corfou, tu aurais pu nous les offrir ?

– Oui.

– D'une paire de Jimmy Choo et d'un tailleur Chanel rose, aussi ?

– Oui.

– Gants agneau et gros-grain Chanel ?

– Oui.

– Mitaines Chanel ?

– Oui.

– Lunettes de soleil Dior ?

– Oui.

– Et tu ne l'as pas fait ?

– Non.

– Elle nous a quand même offert des Mini, intervient Françoise. Une chacune. Avec des sièges en cuir, du chester malt brown, ce n'est pas rien.

Mais Danièle ne relève pas. Se reverse une large rasade de chardonnay. Poursuit, possédée :

– Des perles, comme Jackie Kennedy ?

– Oui.

– Le sérum Skin Caviar La Prairie ?

– Oui.

– Celui à 516 euros ?

– Oui.

– On n'est pas tes amies alors ?

– Si.

– Je veux dire tes meilleures amies ?

– Si.

– Ben alors ?

– T'exagères, Danièle, chuchote Françoise.

Un sourire se dessine sur mon visage et je sais que c'est un sourire triste.

– Si je l'avais dit, Danièle, plus personne n'aurait jamais voulu plus payer à la mercerie. Oh, mais vous avez beaucoup d'argent, madame Guerbette, ce n'est pas cinq pelotes de laine, quatre épaulettes et un sachet de sequins qui vont vous ruiner. Au restaurant, on aurait toujours attendu que je paye. Plus jamais un kir offert. Un rab de garniture. Une ristourne. Même pas une miette d'un nouveau chocolat en dégustation au supermarché. J'aurais reçu mille lettres, au minimum. Mille demandes. Pour la chaise roulante d'un pépé. Pour réparer une toiture percée. Payer un contrôle technique de voiture. Une fête d'anniversaire pour une pauvre petite fille qui n'a plus son papa. Pour un cancéreux. Une myopathe. Un prisonnier. Pour éviter l'euthanasie d'une pauvre bête. Des demandes de mariage. Des demandes d'adoption. Je serais devenue la Brigitte Bardot de tout le monde, mais attention, pas la merveille du *Mépris* ou de *La Vérité*, non, la mémère des chiens perdus, des âmes boiteuses. C'est pour ça que je n'ai rien dit, Danièle, et ça m'a coûté mon couple, ma vie avec Jo, ma vie que j'aimais, simple et belle, mes rêves de vieillir avec lui, de devenir une partie intégrante de lui, une fusion. Je n'ai rien dit, et je l'ai payé cher, crois-moi, à personne, ni même à toi, ni même à Françoise, c'est elle qui l'a deviné.

– C'est vrai, chuchote Françoise, je l'ai deviné.

– Mais moi ! Mais nous ! se défend Danièle. Ce n'est pas pareil, on est tes meilleures amies et une meilleure amie, c'est une tombe.

Françoise grimace.

– Hum, hum. Faut quand même reconnaître, Danièle, dit-elle, que si on est des tombes, on est quand même très pipelettes. C'est un peu notre métier qui veut ça, tu me diras. Un salon de coiffure, c'est comme un confessionnal. On entend des choses. On raconte des choses. Et les mots, c'est vrai, vont parfois un petit peu plus vite que notre tête.

Danièle hausse les épaules. Son air effondré avoue ses désillusions. Sa fatigue à rêver sa vie au lieu de la vivre.

– Avoir de l'argent, ajouté-je, c'est une sorte de pestifération, je ne sais d'ailleurs même pas si ce mot existe, mais il dit bien ce que je pense. Quand tu deviens riche, les gens s'imaginent soudain que tu ne fais plus partie d'eux. De leur vie. Rien que ta présence leur rappelle tout ce qu'ils ne posséderont pas, et ça, ils ne te le pardonneront jamais.

– N'empêche, dit Danièle, j'étais ton amie et tu n'as pas eu confiance en moi, ça, c'est très dur.

Elle vide son gobelet de morillon blanc. Ses yeux brillent.

– Je voudrais que tu partes, maintenant.

Françoise porte soudain les mains à sa bouche, étouffe un cri.

– S'il te plaît, Jo, va-t'en.

– Je peux faire quelque chose, madame ? C'est un homme ? Il vous a fait du mal ?

Mes larmes jaillissent dans le taxi qui m'éloigne du salon des jumelles.

– Ça va aller, merci, dis-je au chauffeur bienveillant, j'ai juste besoin de silence maintenant.

Je suis triste.

Les désastres de l'argent de l'EuroMillions n'en finissent pas. *Ah si j'étais riche,* chantait Ivan Rebroff, *je bâtirais un vrai palais (...) et plein ma cour, des oies, des coqs et des poules*[1].

Si tu étais riche, Ivan, tu perdrais l'amitié de ton amie Danièle et tu te retrouverais seul le soir dans ton

1. Il chante aussi qu'il verrait sa gironde belle comme une bourgeoise avec un double menton, les faisant bâfrer tout ce qui lui plaît, et qu'elle se pavanerait avec sa robe à traîne. Décidément, l'argent (et même la simple idée d'en avoir) rend un peu maboule.

grand château, tu paierais des musiciens et des danseurs mais aucun n'égaierait ton cœur, aucun ne te ferait rire ni ne t'aimerait comme elle.

J'arrive chez moi, je règle la course, j'entre dans ma grande maison silencieuse qui attend le retour prochain de mon fils, espère la visite bientôt de Nadine et d'Oliver ; ma maison si calme, moi qui aimais tant le bruit et le désordre du temps de Jo, le chaos joyeux de notre famille.

Le silence, c'est la fin.

Mes doigts tremblent lorsque je compose le numéro de Fanny. Je veux lui dire que je ne vais pas très bien. Que je suis perdue. Que j'ai besoin d'elle. Mais lorsqu'elle décroche, sa voix est un murmure. Elle m'annonce qu'elle est à l'hôpital avec son petit neveu parce qu'il a arraché son cathéter à la base du cou et que la plaie s'est infectée. La nouvelle emporte aussitôt les cendres de mon chagrin, me voilà à nouveau gouvernée par ma solidarité de mère, de femme. Veux-tu que je te rejoigne ? As-tu besoin d'aide ? lui demandé-je vivement. Je saute dans une voiture et j'arrive, mais Fanny m'interrompt, C'est gentil Jo, ça va aller, on lui a donné un sédatif et il dort maintenant, tout va bien. Tu es sûre ? Certaine, mais merci, c'est extraordinaire de pouvoir compter sur une amie, compter sur toi.

Je suis bouleversée parce que la souffrance d'un

enfant m'apparaît toujours comme une atrocité, et notre impuissance parfois à les sauver, une inhumanité.

Je monte à la salle de bains, besoin d'une longue douche, me laver des chagrins du monde, dissoudre le poids des larmes.

J'y reste longtemps.

La chaleur de l'eau est un réconfort. Elle m'évoque le souffle de maman dans mon cou lorsqu'elle m'embrassait parce que j'étais languide. Elle m'évoque furtivement les caresses de Jo au début, avant les bières et la méchanceté, quand ses mains étaient fiévreuses sur ma peau et que ma chair s'embrasait.

Mais voilà que la rugosité de leurs paumes fait place à la légèreté, une douceur inédite.

Ce sont d'autres mains sur ma peau qui découvrent la géographie de mon corps. Mes yeux sont clos, l'eau fumante ruisselle sur mes épaules, sur mes seins, ventre, pubis, mais je les vois, ces mains, je les reconnais.

Je suis folle.

Plus tard, je rejoins ma chambre, m'allonge sur le lit. C'est immense un lit quand on y est seule. Même un petit. J'écoute Cyrille Dubois chanter Bizet, *Je crois entendre encore*, et mon âme s'envole et vagabonde au Sud où nous regardions la mer en rêvant, mon Vittorio et moi, où l'amour de cet homme m'avait sauvée de la noyade. Il est des hommes comme des ponts, qui vous mènent d'une rive à l'autre et ne seront eux-mêmes jamais votre terre ferme ; c'est leur plus grand chagrin, de n'être pas un port. Mes deuils ont grignoté mon ventre mais je suis restée vivante.

Je veux retrouver ces mains qui me perquisitionnaient tout à l'heure sous la douche.

Alors j'appelle Hubert.

Je suis folle.

J'aime penser qu'à cinquante ans on est toujours démangées de désirs, plus avides encore peut-être qu'à vingt ou trente ans, car des hommes nous ont quittées, des enfants ont traversé notre corps, des mots nous ont balafrées et l'on sait enfin ce qu'il nous reste à offrir et à combler.

Il a décroché tout de suite.

Nous nous retrouvons une heure plus tard à la terrasse du Saint-Christophe, place des Héros. Autour de nous, des touristes retraités en goguette s'émerveillent comme des enfants des pignons à volutes, des arcades, du beffroi de style gothique flamboyant, font des dizaines de photos, rient fort et vont ensuite boire des chopines de bière en trinquant à leur chance et à la vie.

Il fait frais mais beau. La tiédeur du soleil est agréable sur la peau, d'autant plus que je frissonne lorsqu'il me regarde. Seul le plateau d'une petite table nous sépare et je m'aperçois que je n'ai jamais été aussi proche de lui. Aux Gagnants Anonymes, il est souvent assis loin de moi dans la guirlande de chaises et, à l'issue des réunions, il est retenu par Brigitte, Pascale ou Isabelle qui s'empressent de lui offrir un café, un speculoos, une part de tarte, n'importe quoi pour le garder auprès d'elles. Je regarde ses mains, deux ou trois petites taches d'automne y sont dessinées, ses ongles sont soignés et il ne porte pas d'alliance. Elles sont belles parfois les mains d'un homme, peuvent être troublantes, tout un langage déjà, et raconter malgré elles la façon dont elles vont vous goûter, vous découvrir et vous empoigner. Tu es folle, ma fille. Vous ne buvez pas votre thé, Jo ? s'enquiert-il. Il va être froid. Voulez-vous que je demande qu'on le réchauffe ?

Il me remercie de l'avoir appelé, de le compter comme un ami avec lequel je peux partager une affliction. Cela me touche beaucoup, ajoute-t-il.

Je lui parle à peine de ce qui s'est passé au Leclerc le matin, mais des jumelles, de mon amie Danièle qui se sent trahie, de notre amitié blessée, de la mémoire vide de papa et de ma douleur de devenir orpheline d'un père vivant, je parle un peu de Jo, de sa forfaiture, sa fuite. Hubert m'écoute, ne m'interrompt pas. Ils sont rares les hommes qui savent écouter, entendent même, et je vois à son regard ce qu'il ressent, ce qu'il aimerait dire. Je lui parle de moi. Je me dénude. Il me semble m'offrir.

Et il me semble être accueillie.

Je n'ai pas bu mon thé à la menthe. Il n'a pas demandé qu'on le réchauffe pour moi. Il m'a juste dit que je le troublais. Qu'il aimerait qu'on se revoie. J'ai chaud. J'ai froid. J'ai quinze ans. J'ai envie d'être jolie. Envie d'être amoureuse. Envie d'être ravie.

Quand il me raccompagne vers chez moi, il a la délicatesse de me laisser quelques rues plus haut.

En chemin, nous n'avons plus parlé mais je sais que nous nous sommes dit mille mots.

Le lendemain, je suis retournée à la mercerie.

Dans la douceur des choses.

Toute la matinée, Mado et moi avons mis en rayon les derniers arrivages. Des laines angora de chez Lamana, 60 % mohair, 40 % soie, des boules de caresses, on aurait dit des petits chatons d'un mois. Des cachemires de la maison Adriafil en pelotes de 25 grammes, 87,5 mètres, gris foncé, vieux rose, vert amande, noisette et bordeaux. Ainsi que des boîtes à couture, des mètres ruban fantaisie et autres rasoirs anti-peluches. Mado se lamentait. C'est calme, Jo, c'est très calme depuis un bout de temps. C'est simple, depuis lundi, je n'ai eu personne, même Mme Schmitt qui venait chaque semaine chercher sa pelote de laine pour faire les gants des orphelins de la Charmille ne vient plus. J'ai eu deux commandes via *dixdoigtsdor* ce mois-ci et c'est tout. L'époque n'aime plus les petits commerces, Jo, Internet est un bulldozer. J'ai été regarder, ajoute-t-elle, désespérée. J'ai vu des trenchs courts avec ceinture à 29 euros, des robes patineuses imprimées pour gamines à 4 euros ! 4 euros, Jo ! Comment voulez-vous lutter, quand on sait que pour une veste adulte il faut dix pelotes baby alpaga à 9 euros pièce ? Et même si on fait la remise de 15 %, c'est impossible. On ne peut plus se battre. On est vaincues. Comment voulez-vous, Jo ? Les clientes se déplacent de moins en moins, en plus la boutique est légèrement excentrée et le parking de la Grand-Place, tout comme celui de la Vacquerie, a augmenté ses tarifs et tous les commerçants sont furieux. Il n'y a que les salaires qui n'augmentent pas, alors, mais ce n'est pas une surprise, avec moins, on fait moins. Il n'y a pas de miracle. On allonge la purée avec de l'eau, comme le faisait ma mère, on achète les escalopes de porc par trente, on passe trois fois le café, qu'est-ce que vous voulez... Mado s'interrompt soudain, le visage rouge comme une écrevisse. Oh ! Jo, ne croyez pas que je parle pour moi. Je suis très, très contente avec mon salaire. Et avec la grosse prime que vous m'avez donnée à Noël. Je souris, lui prends les mains. Elle baisse les yeux. J'ai pu refaire ma salle de bains, vous savez, avec les petites mosaïques en verre, comme vous me l'aviez conseillé, c'est très joli. Et très facile d'entretien.

Nous sommes restées là toutes les deux et aucune cliente n'est venue. Une jeune femme s'est bien arrêtée un instant devant la vitrine dans laquelle Mado avait mis en scène des photographies des gants de Mme Schmitt avec les pelotes et les aiguilles à deux pointes correspondantes, ça donnait vraiment envie, mais elle n'est pas entrée.

Et puis il a été midi. J'ai dit à Mado qu'elle pouvait fermer la boutique et prendre le reste de la journée.

Dans la ruelle les jumelles sont passées. Elles venaient elles aussi de fermer Coiff'Esthétique pour l'heure du déjeuner. Elles ne se sont pas arrêtées, n'ont pas passé une tête comme elles le faisaient chaque jour depuis des années en demandant si quelqu'un voulait venir manger une salade ou un croque, faire un petit Loto, choisir quel lac italien, quel palace si on gagnait.

Seule Françoise a jeté vers moi un bref coup d'œil malheureux et je me suis sentie très malheureuse à mon tour.

Alors je suis allée dépenser un peu d'argent.

## *Dépense numéro 2 – 5 500 euros*

Au taxi, je demande de m'emmener à la station Total de la rue des Rosati. J'aime le nom de cette rue, anagramme d'Artois, qui évoque la société des Rosati, société littéraire d'Arras fondée en 1778. Elle comptait Carnot et Robespierre parmi ses membres et leurs travaux consistaient à faire l'éloge de la rose, de la beauté, du vin et de l'amour. Tu te rends compte, ma petite fille, l'éloge de la vie en somme ! s'était exclamé papa le jour où il m'avait enseigné cela, au temps où il se souvenait encore des choses. Et maintenant regarde, avait-il ajouté, c'est juste un nom de rue, dans laquelle on trouve un carrossier, une supérette et des petites maisons tristes. L'oubli, c'est le vide, Jo. N'oublie jamais.

Faites votre plein, dis-je au chauffeur de taxi lorsque nous arrivons, je vous l'offre. C'est bien aimable, lâche-t-il, à la fois surpris et tracassé, mais la course ? Je vous la réglerai aussi, ne vous inquiétez pas.

Dans la petite boutique de la station-service, je

demande à parler au patron. C'est moi, se dévoile le seul homme présent. Voici 5 500 euros, lui dis-je, ce qui correspond peu ou prou au chiffre d'affaires journalier d'une station-essence. Euh… oui, je n'ai pas les chiffres en tête, mais oui, c'est possible. Demain, c'est essence gratuite pour tous les automobilistes, d'accord ? Mais ! Euh. Je. Nous sommes d'accord ? Nous sommes d'accord. Demain, je sers gratis, promis. Je viendrai vérifier, dis-je en partant – même si je trouve ma menace un peu bouffonne.

## *Dépense numéro 3 – 13 260 euros*

À 900 mètres de la station, la Grand-Place, le cinéma Megarama.

À la caisse, j'achète tous les billets des six salles pour tout le week-end prochain.

Six salles, six cent cinquante places, 10, 20 euros le ticket tarif plein. Vous voulez dire, me demande, bouche bée[1], la jeune caissière, que pendant tout le week-end personne ne paiera ?

C'est exactement ça.

---

1. Je l'admire d'autant plus que je devine aisément à quel point il est difficile de parler bouche bée.

## *Dépense numéro 4 – 3 750 euros*

Je retourne au tabac des Arcades, place des Héros. Là où le système flash m'avait donné il y a trois ans les numéros 6, 7, 24, 30, 32 et les étoiles 4 et 5 pour l'EuroMillions. Bien sûr, on ne m'y reconnaît pas. Je m'étais tue à l'époque. C'est drôle de dire cela parce que oui, d'une certaine manière, je m'étais tuée.

Je demande 1 500 bulletins d'EuroMillions, tirage de samedi prochain, système flash, *bien sûr* – cela ira plus vite, ajouté-je en souriant. Mais la buraliste râle. À plus ou moins sept secondes par bulletin, il y en a pour trois heures environ. Quand je repasse vers vingt heures, je récupère les bulletins et commence ma distribution sur la place. En moins de cinq minutes, il y a un attroupement vandale digne de Taylor Swift.

Mais ça ne s'est pas très bien terminé.

– 19 septembre, je n'oublierai jamais. Pour deux raisons. Un, parce que Karima, c'était ma préférée, a été éliminée de Koh-Lanta Thaïlande après trente-deux jours, et ç'a été très dur à vivre pour moi. Et deux, parce que le soir, comme quoi ceux qui disent qu'après l'orage vient le beau temps ne disent pas n'importe quoi, boum ! Le tirage, les six numéros. Un million neuf cent trente mille quatre-vingt-trois euros qui tombent. Je suis restée bête, si je puis dire. Presque gogole. J'ai regardé deux fois, dix fois les chiffres. Pas d'erreur, c'étaient les bons. Mon mari, lui, est devenu comme possédé. Il se levait, il s'asseyait, ne tenait pas en place, un ours en cage, mon Alain. Calme-toi, je lui disais, calme-toi, tu vas nous faire quelque chose. Mais comment veux-tu que je me calme, Pascale, il criait, deux millions, deux millions ! Pas tout à fait, je lui ai précisé, mais presque. Et ça me faisait tout drôle de dire ça. C'est des chiffres qu'on dit jamais, ça. Qui ne correspondent jamais à l'argent qu'on a. Ça commençait à me donner le vertige, j'avais la tête comme du coton. Et l'autre criait toujours, Je ne peux pas me calmer, je ne pourrai jamais plus me calmer maintenant ! Deux millions ! Je sais bien que c'est une somme, Alain, mais pas de quoi non plus se taper le cul par terre, je lui ai dit. Pas comme le monsieur, là[1]. On ne peut pas s'acheter une maison avec une piscine sur la Côte d'Azur, par exemple, ni à Talloires, sur le lac d'Annecy, qu'on adore et où on va en vacances depuis dix-sept ans qu'on est mariés, au camping du Lac Bleu. Non. Deux millions, je lui ai dit à Alain, c'est du raisonnable. C'est du beurre dans les épinards. Du beurre fermier bio si tu veux, mais du beurre, du bon beurre. Mais il tenait toujours pas en place. Un ours, je vous dis. Le voilà qui se sert une Marie Brizard. Qui regarde déjà sur l'Internet le prix de la Mégane TCe 130. Son rêve, la TCe 130. Des mois et des mois qu'il me bassinait avec ça. Boîte six vitesses, deux cents à l'heure, il la voulait en bleu gendarmerie. Et pourquoi pas avec un gyrophare, je lui ai dit, comme ça tu pourras dépasser tout le monde. (Quelques soupirs indéfinis parmi les GA, peut-être de la compassion, sans doute de l'ennui.) Bref, lâche

1. Pour mémoire, le « monsieur, là » s'appelle Georges. Il gagna le 13 novembre 2012 la somme ahurissante de 169 837 010 euros à l'EuroMillions et, bien que sa femme soit partie avec la moitié, il lui resta quand même l'autre moitié.

soudain Pascale, l'œil brillant. C'est à ce moment-là que je me suis souvenue qu'on était mariés en séparation, et que c'est moi, avec les petites indemnités de mon licenciement de chez Paradizoo, qui avais acheté le bulletin. Et que donc ces deux millions étaient les miens. (Temps.)

– Après dix-sept ans de mariage, s'exclame Brigitte, c'est rude !

– On n'interrompt pas, Brigitte.

– C'est à cause de la TCe 130, reprend Pascale. *Sa* voiture. Il m'aurait dit, Tu vois Pascale, avec cet argent, on va se faire un beau petit voyage tous les deux, un lagon, un machin, Tahiti, un truc que tu aimes, et tiens, on va aller chez Prada, bon, Prada il connaît pas, Zara, alors, à Noyelles-Godault, et on achètera tout ce qui te plaît, et puis ensuite je t'emmènerai juste à côté pour fêter ça, au Pacific, c'est un restaurant buffet cuisine du monde, et là, ma Pascale, cocktail maison ! Double americano ! Buffet à volonté ! Là, j'aurais peut-être oublié qu'on était en séparation. (Applaudissements.)

– Merci, Pascale. C'est un témoignage puissant. Qui interroge jusqu'aux valeurs du mariage, du couple, presque sur nos racines chrétiennes. Un témoignage important. Je demanderai à chacun d'y réfléchir. Quelqu'un d'autre ? Jocelyne ?

Je jette un coup d'œil à Hubert. Son sourire m'encourage.

Je dis que j'ai commencé à donner mon argent. (Applaudissements.) Plus de 33 000 euros en deux jours. (Applaudissements.) Et que je me suis sentie bien pour la première fois depuis très longtemps. Comme bousculée par un souffle purificateur, comme ce vent fort au Touquet qui balaye les grains de sable de la digue, emporte les papiers, tout ce qu'on a envie de jeter de soi, et nous fait à nouveau respirer, nous sentir renaître. (Applaudissements.) Vendredi dernier j'ai commencé à distribuer mille cinq cents bulletins validés d'EuroMillions sur la place des Héros. Il y a très vite eu un attroupement, presque une émeute. La police municipale est arrivée. On m'a accusée de trouble à l'ordre public. C'est illégal de donner de l'argent, madame. Ce n'est pas de l'argent, ai-je répondu, c'est de l'espoir. C'est de l'argent, madame, 2,50 chaque bulletin, fois je ne sais pas combien. Vous n'allez pas m'arrêter pour 2,50 fois je ne sais pas combien, a-t-il répété. La distribution d'argent est interdite sur la voie publique. Il a confisqué tous mes bulletins. La foule était furieuse. C'est tout juste s'ils n'ont pas appelé des collègues en renfort. Ce n'est pas facile de donner son argent ! (Rires et applaudissements.) Mais la chose la plus marquante de ma semaine, c'est que ce maudit argent m'a fait perdre une amie très proche. Et j'en suis très triste.

Je relève la tête. Mes yeux brillent. Hubert me sourit. Mon cœur tambourine. Ma poitrine brûle. Brigitte lève la main.

– Brigitte, invite le modérateur.

– Je ne voudrais pas qu'on finisse sur une note triste, dit-elle. J'ai une bonne nouvelle à partager avec vous tous. Bon, c'est vrai, il n'est pas en autruche, mais j'ai trouvé un Birkin 35, en crocodile, mes amis, une rareté, sanguine mat magnifique, fermoir métal palladium, pour 45 000 euros, sur un site internet américain, ce qui est assez normal vu qu'ils ont plus de deux mille crocodiles rien qu'en Floride ! Et il est comme neuf ! Je devrais le recevoir dans deux semaines. Alors ses quatre ans d'attente à l'autre cloche de Parisienne, elle peut s'asseoir dessus. Non mais des fois, je te jure. (Applaudissements mollassons.)

Le modérateur lève la séance.

S'ensuit un petit apéritif avec cake aux fruits, speculoos et vins fins que Raoul et Isabelle ont apportés, on n'est pas aux AA ici, ah, ah.

Pascale et Brigitte papotent, animées, Thierry s'est rallié à elles. Fanny me rejoint, puis Hubert, enfin. On trinque tous les trois et puis Hubert annonce à Fanny qu'il a contacté son ami le professeur Jacques Jolly, à Gustave-Roussy, et qu'elle peut lui envoyer le dossier médical de son neveu. Fanny devient blême. Elle repose son verre et elle part.

C'est tellement difficile d'aider quelqu'un.

C'est un ciel sans nuages. Un bleu céruléen.

Après une dizaine de minutes de marche depuis la maison, nous voilà rendus, papa et moi, au Jardin de la Légion d'honneur où il aime s'asseoir, au bon air, face au musée des Beaux-Arts installé depuis 1825 dans les anciens bâtiments conventuels de l'abbaye Saint-Vaast, un monastère bénédictin fondé en 667. J'ai appris cela par cœur pour pouvoir lui répondre au cas où il me demanderait où nous sommes, quelle est cette bâtisse. Tout comme j'ai appris la formule chimique du trichloréthylène et du savon liquide métallique multipolaire dans l'hypothèse où il viendrait à se souvenir de sa vie d'ingénieur à l'usine de Tilloy-lès-Mofflaines.

Son comportement s'apparente de plus en plus à celui d'un enfant. Il aime qu'on s'occupe de lui. Qu'on lui raconte des histoires. Il adore quand je lui parle de sa vie. Quand j'évoque ses amis, Fangio, les frères Eames ; je lui ai même rapporté des anecdotes qu'il avait vécues avec Le Corbusier, Maurice Ravel et le peintre Garouste, Un gars intéressant, celui-là, avait-il alors commenté, un incendie. Quand je lui parle de maman, Ah, ta mère, quelle femme, quelle femme. Parfois il pleure. Il dit qu'il a oublié la date de son anniversaire. Tu me la rappelleras, hein, ma chérie ? Que je pense à lui faire un cadeau. Tu as une idée de ce qui pourrait lui faire plaisir, ma petite Jo ? Que tu rentres plus tôt de l'usine le soir, papa. Je ravale ma tristesse. Maman est morte depuis trente-quatre ans et il me demande toujours ce qu'elle a prévu pour le dîner, si elle a bien acheté de la mousse à raser. Je n'en ai plus, tu sais.

Des enfants crient sur les balançoires. Des mères palabrent. Le vent tiède fait chanter les houppiers. Des feuilles tournoient dans l'air, on dirait des moro-sphinx, ces papillons aux ailes fauves, rouille, presque des motifs de bois, qui m'effrayaient quand j'étais petite.

Mais voilà qu'il pose sa main sur la mienne, me sourit. Il est beau, mon père, quand il sourit. Il a un petit air de Gary Cooper, du moins c'est ce que prétendait maman, tout enamourée. Il me regarde et son regard est vif. Tout va bien, Jo ? Tu sembles soucieuse. Oh, papa, tu es là. J'étouffe un sanglot. J'essaie juste d'être heureuse, tu sais. Il m'attire contre lui, ma joue contre son épaule. Il y avait longtemps. Je crois que je perds la tête parfois, dit-il, je confonds les personnes, les choses, moi également, je ne sais pas toujours qui je suis et crois-moi, Jo, c'est curieux, et même oppressant, de voir son propre visage dans un miroir et de lui dire bonjour, comme on le fait poliment avec un inconnu face à soi. Je sens des grands trous dans ma tête, un grand vent qui dissémine un tas de feuilles mortes, je tends les mains mais ne parviens pas à en attraper une. Les choses s'effilochent, ma petite fille, c'est terrifiant mais ce n'est pas triste car rien n'est jamais à soi. Être heureuse, dis-tu. Mais tu l'es. Être heureux est une pensée. Laisse-la voler en toi. Un ballon vient soudain rouler à nos pieds. Un gamin s'approche, essoufflé. Excusez-moi, monsieur. Mon père m'examine, considère son bras sur mon épaule. Pardonnez-moi, madame, nous nous connaissons ?

C'est court trois minutes. C'est déjà fini. Papa est reparti, emporté par le grand vent dans sa tête, et c'est moi maintenant qui tends les mains sans pouvoir le rattraper. M'avez-vous apporté de la mousse à raser, mademoiselle ? Nous restons là. Son regard sans regard est fixé sur les enfants qui jouent plus loin, s'inventent des pays, des immensités.

Un peu plus tard, les mères battent le rappel, c'est l'heure du goûter. Alors nous aussi nous nous levons, je glisse mon bras sous le sien parce que son équilibre est désormais plus incertain. Vous êtes bien aimable, me dit-il, avec le sourire de l'extravagant Mr. Deeds.

Et toi, tu es précieux, papa.

Françoise est passée en cachette à la mercerie, tandis que Danièle recevait une représentante Kérastase Professionnel. J'ai deux minutes, a-t-elle annoncé, haletante, je lui ai dit que j'allais faire pipi, acheter un Coca, oh là là, comme c'est triste cette bisbille entre vous, ça me fait tellement de peine, je n'en dors plus, j'ai perdu un kilo, tu sais, je me demande même si c'est pas plus, regarde, et je ne rentre pas mon ventre, crois-moi, oh là là, quand je pense à nos fous rires à toutes les trois, tous nos rêves de six bons numéros, les Mini, ta gentillesse, les clientes que tu nous envoies, quelle tristesse, quelle tristesse, Jo. Danièle fait la fiérote, mais elle souffre, je le vois bien, je le sais ; parfois, le soir, en attendant le retour de notre mari, je lui demande comment elle voit les choses, ce qu'il faudrait pour vous rabibocher, et tu sais ce qu'elle m'a dit hier ? Je lui pardonnerai le jour où je gagnerai un million au Loto[1] ! Elle rigolait, mais

1. 0,000 047 197 % de chance.

quand même, peut-être que tu pourrais jouer pour elle, Jo, la chance peut frapper deux fois, regarde ce type l'an dernier, qui s'est pris deux fois la foudre sur la figure en moins d'une minute, le pauvre, bon, c'était pas vraiment de la chance, mais tu vois ce que je veux dire ; parce que je m'inquiète quand même pour elle, je me demande si elle nous ferait pas un coup de bourdon, j'ai essayé de la faire parler, tu me connais, et ce qu'elle m'a avoué, c'est qu'elle se sent comme trahie que tu ne lui as pas dit que c'était toi la gagnante d'Arras. J'ai été dupée, Françoise, dupée, m'a-t-elle déclaré, et quand on est dupé, on ne voit plus jamais, jamais, les choses de la même manière. Ça lui a ouvert les yeux ; du coup notre vie lui apparaît dégoûtante, beurk, elle affirme que ça ne se fait pas de partager un mari avec sa propre sœur, qu'il y a même des noms pour ça et que ce ne sont pas des noms ni très chics ni très flatteurs ; bref, je fais vite parce qu'elle risque de soupçonner quelque chose, elle m'a annoncé qu'elle voulait divorcer, qu'elle me laissait Christian, tu te rends compte, qu'elle me le laissait, comme elle aurait dit je te laisse la télé, ou le Magimix, tout ça au moment où Christian vient d'avoir sa promotion, sous-directeur à la Société Générale de l'avenue Gambetta ! Sous-directeur, Jo, c'est pas rien, ça. Bref, elle veut partir, là, dans les jours qui viennent, et j'ai beau lui dire que si elle le quitte, c'est moi aussi qu'elle quitte, que c'est toute notre vie, toute notre identité qu'elle quitte, on est monozygotes, je te rappelle, eh bien ça lui est égal, complètement égal, elle veut faire sa vie, sa vie à elle toute seule, sans moi, tu te rends compte ? Et moi, je fais quoi ? Une jumelle sans sa jumelle, c'est quoi ? Une monoculaire ? Une unijambiste ? C'est quoi ? Oh là là, c'est pas une affaire banale tout ça, bon, je dois y retourner. En tout cas, ma Jo, je te tiens au courant, je m'arrange pour revenir te voir bientôt, je te bise et on ne dit pas qu'on s'est vues, bise, bise – et Françoise est sortie promptement de la mercerie, a traversé la rue en courant, a rejoint le salon de coiffure quarante mètres plus haut. J'ai crié, Et ton Coca ? Mais elle n'a pas entendu. Je me suis tournée vers Mado, elle était comme moi, empêchée entre le fou rire et l'abasourdissement.

*Dépense numéro 5 – 650 euros*

Rue Ronville. Un jeune homme est debout face à la bijouterie Monnin. Il y a quelque chose que je trouve émouvant dans la façon dont il se tient à distance de la vitrine, comme si s'y tenir trop près pouvait avouer son intention. Il tend le cou pour mieux voir les bagues – or et émeraude, saphir rose, argent et ambre. Je m'approche et soudain m'exclame, en ramassant quelques billets de cinquante à ses pieds, Oh, attention, vous avez laissé tomber ça ! Il se retourne vivement, regarde l'argent dans ma main, tapote ses poches, constate avec affolement qu'elles sont vides, me sourit, ses joues sont alors d'un rouge de bresaola. Oui, en effet, balbutie-t-il, merci, merci madame.

De la rue Ronville, il me faut trois minutes pour parvenir à la gare. Je suis en avance. Je flâne dans le vaste hall. Traîne au Relay. Les magazines people annoncent en couverture des informations essentielles à la bonne marche du monde : *Delahousse et Taglioni, c'est une fille ! Gad Elmaleh a tout perdu ! Claire Chazal dévastée, La grosse fatigue de Marion Cotillard*[1] *!* En comparaison, nos petits grammes en trop ou nos trois premiers cheveux blancs semblent bien dérisoires.

Mais voilà que le train de Paris s'apprête à entrer en gare. Dans quelques minutes maintenant, je vais serrer mon fils contre moi. Essaie de ne pas pleurer, Jo, le regarder, toucher son visage, lui dire à quel point il est beau, combien il m'a manqué, comme je suis heureuse qu'il revienne. La maison est très

1. Il y avait également Jean Dujardin qui changeait de vie pour Nathalie. Julie Gayet dans les bras d'un autre. Drucker face au cancer. Et le fils caché de Julien Courbet. Nous voilà bien.

grande tu verras, tu as ta chambre, ta salle de bains, et grand-père est impatient de te revoir, même si je ne suis pas sûre qu'il te reconnaisse tout de suite, mais dans son cœur il saura que c'est toi.

Nous marchons moins de dix minutes jusqu'à la maison. Il me semble plus grand encore que le jour où nous nous sommes revus à Sassenage, et lorsqu'il prend soudain ma main comme il le faisait quand il était enfant, je suis la maman la plus heureuse du monde.

Petit à petit la maison vibre de nouveaux bruits. Ses pas. Un placard qui claque. Sa voix qui porte à travers les murs quand il demande où sont les serviettes de toilette, s'il y a un oreiller supplémentaire. Sa cavalcade quand il descend l'escalier.

Papa a semblé longuement l'observer, puis lui a demandé s'il était lui. Romain a froncé les sourcils. Si je suis toi ? Vous me rappelez moi en jeune homme, jeune homme, a dit papa. Et ils ont ri tous les deux et j'ai aimé les rires mêlés de mon père et de mon fils, leur même surprise et leur même joie.

Il se repose maintenant et nous nous retrouvons seuls dans la cuisine, Romain et moi. On parle si peu de ce qui nous a séparés. Ce sont plutôt les heures d'enfance qui refont surface. Les heures chaudes qui nous reliaient. On se souvient des étés au Touquet. Des pique-niques dans les dunes. Du vent qui parfois se levait brusquement et saupoudrait de sable le saucisson, le fromage, les fruits. C'était dégoûtant mais on mangeait quand même ; on n'a qu'à se dire que c'est des grains de poivre, avait suggéré Romain, malicieux, ou du gros sel ! On se souvient des repas de Noël. On se souvient des anniversaires. Des kermesses de l'école. Des cadeaux ridicules pour les fêtes des Mères, les fêtes des Pères. Du porte-crayons qu'il avait réalisé en terre cuite, mais pas assez cuite, et qui s'était ramolli, étalé, on l'avait alors tous pris pour une crotte, mais une crotte moche, une constipation même, avait dit Nadine, et on avait tous ri, sauf Romain qui s'était mis à pleurer et qui, plus tard, avait tenu à préciser que si ça avait été bien cuit, avec les crayons dedans, ça aurait ressemblé à un porc-épic. On se souvient de tout. La mélancolie nous gagne. On se reverse du vin. On évoque Jocelyn. Son père. On a le cœur qui se serre. On ose enfin parler un peu de lui. On se remémore les joyeusetés. Les câlins. Les films qu'on regardait tous ensemble, serrés comme des sardines dans le canapé. Jocelyn qui commentait tout et nous rendait tous fous. Mais tais-toi, papa ! Qui prétendait toujours savoir ce qui allait se passer. Mais arrête, tu gâches le film ! Il agaçait mais on l'aimait.

Et il était parti avec mon chèque.

Il avait disparu.

Et pourtant, dans mon chagrin, il m'était quelquefois arrivé d'extravaguer. Il allait revenir. Comme le prince de mes rêves de jeune fille. Toi, Solal. Moi, Belle du Seigneur. Revenir à bord d'une puissante décapotable ivoire. Il entrerait dans notre maison, comme un orage. Il me cueillerait. M'emporterait. Me mènerait à la demeure qu'il aurait choisie pour nous, posée au bord d'un immense lac de montagne, un dinghy en bois amarré au ponton. Il me ferait franchir le seuil, comme à une mariée, m'embrasserait longtemps, puis chuchoterait, Le voilà ton château, Jo, voilà ce que j'ai fait de ton argent, voilà notre vie à compter de ce jour, notre vie dans la beauté, dans la douceur du monde, notre vie ensemble, ma Jo, jusqu'au bout. Mais il s'était à la place tapé des putes dans son appartement bruxellois ou sur la banquette de son Audi RS6, s'était cuité à la Kasteel, saoulé d'arrogances, il était passé à côté de tout ce qui fait la grandeur d'un homme, il n'était jamais revenu me cueillir et, lorsqu'il avait voulu le faire, c'était trop tard.

J'avais fané.

– Tu pleures, maman ? m'interroge soudain Romain.

– C'est la joie de te retrouver, mon chéri, c'est la joie.

Je suis guérie, mais parfois se réveille la douleur du membre fantôme.

– C’est vrai que mon cas est un peu différent des vôtres, car je n’ai pas gagné. Cela dit, je ne joue pas non plus. Une chance sur 139 millions de remporter le jackpot à l’EuroMillions, ça ne laisse pas beaucoup de chances, je trouve. Remarquez, avec vos 169 millions, Georges, vous êtes l’exception qui confirme la règle, et, comme le clamait la réclame : 100 % des gagnants ont tenté leur chance. Elle était bien bonne celle-là quand même, dans le genre je me fous de vous mais pas trop. Non, si j’ai décidé de rejoindre vos réunions des GA, et je vous remercie de m’accueillir, c’est parce qu’il y a énormément d’argent autour de moi et, sans qu’il me brûle les doigts ou me donne des envies de filouterie et d’évasion vers Anguilla ou Trinité-et-Tobago, je reconnais que ça me perturbe beaucoup. Surtout le soir. Quand je rentre chez moi, que je m’y retrouve seul, un petit surgelé Picard devant *Clem* ou *Joséphine, ange gardien*, j’aime bien Picard, ils font des portions pour personnes seules, comme le risotto aux quatre fromages ou le…

– Hum, hum, toussote le modérateur, je suis désolé de vous interrompre, Sébastien, mais nous ne sommes pas à *Top Chef*.

– Oh, bien sûr, excusez-moi, il est si rare que je puisse parler, m'exprimer librement. Voilà, je suis concierge, mais attention, pas concierge d'immeuble, non, non, concierge dans une prestigieuse conciergerie, Jeeves, pour ne pas la nommer, et mon rôle, si vous voulez, est de ne jamais dire non. Je vous donne quelques exemples[1]. Un client voulait une place en loge VIP pour sa fille trois heures seulement avant le concert de Madonna à Vancouver, toutes les places avaient été achetées en moins de quarante-huit heures six mois plus tôt, je lui en ai trouvé une. Un autre voulait organiser, le surlendemain, un safari au cratère du Ngorongoro en Tanzanie, pour huit jours, huit personnes ; pas de problème, je l'ai fait. En mai dernier, une femme désirait faire la montée des marches du Festival de Cannes en présence de Jacques Audiard. Facile. Ah, et un banquier privé souhaitait pour le soir même une bouteille de romanée-conti, cuvée Montrachet grand cru, millésime 1990, et je précise qu'il n'y en a eu que mille cinq cents pour le monde entier. Le soir, il l'avait sur sa table.

1. Ce qui suit n'est pas faux.

– On dirait *Mission impossible* ! s'écrie Brigitte.

– Brigitte !

– Pardon, pardon.

– Madame a raison, reprend Sébastien, il y a de cela. J'œuvre dans un monde où il n'y a plus de limites. On ne parle pas d'une soirée ou d'un week-end à cent mille ou un million, parce que l'argent ne fait pas tout, même si la bouteille que j'évoquais à l'instant valait 12 000 euros, sans compter le coût pour la faire venir de New York le jour même, un vol NetJets à la dernière minute, on parle de ce qu'il y a au-delà de l'argent. Du pouvoir. De l'influence. Ma vie est de rendre possible l'impossible.

– C'est exactement ce que je voulais dire, bougonne Brigitte.

– Et c'est cela qui me brûle les doigts, poursuit-il d'une voix plus basse. Penser qu'il n'y a pas de plafond, et s'il y en a un, c'est moi qui le repousse sans cesse pour les autres. Jamais pour moi. Alors le soir, avec mon risotto Picard, j'ai parfois l'impression, comme chez Boris Vian, que les murs de ma vie se referment. Que j'étouffe.

Il y a soudain un grand silence et l'on mesure tous de quelle impossibilité nous parle Sébastien.

– C'est passionnant, s'enthousiasme enfin le modérateur, c'est passionnant ce que ne dit pas Sébastien dans ce qu'il dit. Cela m'inspire un petit exercice auquel vous allez vous livrer, mais avant, on l'applaudit. (Applaudissements.)

– Merci, rougit Sébastien, merci à tous.

– Je vais maintenant demander à chacun, l'un après l'autre, de dire une chose, une seule, qu'il aurait aimé faire *avant*, poursuit le modérateur, *avant*, quand vous n'aviez pas encore gagné. On commence de ce côté-ci. Pascale.

Elle hésite. Se mord les lèvres.

– Ah, c'est difficile. Bon. Je choisis. Partir huit jours quelque part avec Alain. Sans les enfants. Sans le chien. Sans le téléphone.

– Je ne comprends plus rien, intervient Brigitte, l'autre jour tu laissais entendre que vous n'alliez pas faire long feu ensemble.

– On parle d'avant, Brigitte, s'énerve Pascale, l'exercice, c'est de dire ce qu'on aurait aimé faire *avant de gagner*, et avant, j'aimais bien mon mari.

– Oui, mais plus maintenant.

– Oui, mais avant, je ne le savais pas.

– C'est comme le Birkin, avant, tu ne savais pas que ça prend quatre ans.

– Raoul ? demande, agacé, le modérateur.

– Apprendre le piano et jouer un jour les valses lentes de Satie.

– Moi, de collectionner les carrés Hermès, confie Brigitte à qui c'est le tour, ou les Reverso de Jaeger-LeCoultre.

– On a dit une seule chose, Brigitte.

– Les carrés Hermès, alors. Pff. Non, les Reverso.

– Merci, Brigitte. Fanny ?

– J'aurais dû partager davantage, chuchote Fanny, parce que même quand on a rien, il y en a toujours un qui a moins que rien.

Nos regards se croisent ; je suis fière d'elle.

– Un grand dîner avec toutes mes amies perdues de vue depuis la Catho, confesse Isabelle.

– Prendre le temps de m'occuper de mon jardin, reconnaît Pierre[1], créer une rose et lui donner le prénom de ma mère.

– Qui est ? demande le modérateur, ému.

---

1. Pierre, gagnant de 4 775 593 euros au tirage du mercredi 17 avril 2013, avec les cinq bons numéros 12, 16, 29, 32, 38 et le numéro chance 8. Selon ses nombreux témoignages lors de ses précédentes réunions aux GA, et qui ne sont pas retranscrits ici, car c'est plutôt de mon histoire qu'il s'agit, il a tout dépensé en moins d'un an : une Ferrari pour lui, une pour son frère, une Porsche ancienne très jolie pour sa femme, un tour du monde en bateau pendant lequel il a sévèrement déprimé, Ça n'en finissait pas, disait-il, et il a même soupçonné une aventure entre sa femme et le maître queux – c'est vrai que c'est long un tour du monde –, des cadeaux à droite et à gauche, des week-ends dans des cinq étoiles, avec une tendresse particulière pour Il Sereno, sur le lac de Côme, 2 500 euros la nuit environ, enfin, dans le jardin, une petite piscine chauffée (il fait en moyenne sur l'année 9,7° à Arras), et voilà comment fondent 4,7 millions. « C'est parti tellement vite », dira Pierre, dépité, déprimé, divorcé.

– Rose.

– La rose *Rose*, alors ?

– Oui, la rose *Rose*.

Applaudissements.

C'est au tour d'Hubert. Il me regarde à la dérobée quand il déclare :

– Être moins timide avec mes sentiments.

À ces mots, petite tachycardie dans ma poitrine. Je rosis. Mon émotion n'échappe pas à Fanny.

– Écrire un polar comme monsieur Grangé, dit René[1], enfin, dans le genre, quoi, parce que lui c'est quand même le maître. Du sanguinolent, je voudrais. Qui se passerait dans les tranchées. C'est une période que j'adore. Le phosgène, le gaz moutarde, tout ça.

– Excusez-moi, intervient Pascale, je voudrais changer. Je quitterais Alain.

Un applaudissement. (Brigitte.)

– Créer un centre de dressage de chiens à la détection du cancer, chuchote Georges.

Applaudissements.

– Être un petit peu plus égoïste, dis-je. (Je suis folle.)

– Prendre du temps pour lire à la suite les treize volumes de la série *Angélique*, enchaîne Julie en rou-

1. René, « petit » joueur, gain de 281 116 euros au rang 6. S'est aussitôt offert un vélo de course Orbea Orca Gdi 2 à 8 999 euros et a placé le reste en assurances-vie dont il peste tout le temps contre le faible rendement.

gissant. Non. En fait, je voudrais essayer de rencontrer Robert Hossein.

Ses deux mains éventent son visage cramoisi.

– Oh là là, oh là là, je divague…

– Quant à moi, conclut Thierry, qui n'ai pas connu d'avant puisque je suis tombé dedans dès ma naissance, je crois que ce que j'aurais aimé, c'est apprendre à dire non.

Le modérateur nous regarde, l'un après l'autre. Il sourit, comme on se frotte les mains. Puis il demande :

– Vous ne remarquez rien ?

Je croise le regard d'Hubert. Nous savons.

Après quelques secondes de silence, c'est Fanny qui lève la main.

– Tout ça n'a rien à voir avec l'argent.

– Eh bien voilà, conclut le modérateur. Vous avez tout compris.

La réunion s'achève. Les discussions se prolongent autour de la table sur laquelle il y a désormais quelques bouteilles de vin, des cacahuètes, un saucisson, des raisins secs, des chips. Le modérateur est enchanté. Vous progressez tous très bien, dit-il, je suis enchanté. Quelques-uns entourent Sébastien, l'interrogent sur son métier de concierge, quelles sont les choses les plus folles qu'on lui ait demandées. Il y a des demandes que je refuse d'honorer, lâche-t-il, mystérieux, ce qui ajoute au mystère de son fabuleux métier.

Hubert s'approche de moi, et comme à chaque fois, je vacille, je me sens légère, fiévreuse, chanceuse.

– Ce vin est inquiétant, dit-il en désignant le verre qu'il tient à la main. Que diriez-vous, Jo, d'aller tous les deux en prendre un bien meilleur quelque part ?

Quelle que soit sa question, il me semble que je répondrais oui.

– Oui.

– Parfait. J'ai quelque chose à demander à notre modérateur et on y va.

– Je vous attends.

C'est alors que Fanny me rejoint. À son visage, je vois que quelque chose ne va pas. C'est ton neveu ? demandé-je aussitôt. Non, il est sorti hier de l'hôpital, ça va mieux, merci. Non, ce qui ne va pas, c'est Hubert. Hubert ? J'ai bien observé son manège, dit-elle, cette façon qu'il a de te sourire, de s'approcher de toi, on dirait la danse d'une araignée paon. Fanny ! Excuse-moi, poursuit-elle, si on n'avait pas toutes les deux partagé des chagrins semblables, je n'oserais pas. Mais là, ce que je vois, c'est un type dont on ne sait rien, avec sa gueule d'amour, qui fait le joli cœur, te séduit… Oh, mais il ne s'est rien passé. Pas encore, Jo, pas encore, mais je vois bien que tu es prête. Je te le répète, on ne sait rien de lui. D'ailleurs, a-t-il dit combien il avait gagné ? Ce qu'il avait fait de son argent ? A-t-il déjà évoqué son métier, son milieu ? Il ne parle jamais de rien, Jo, tout est flou. Et cette histoire d'ami à Gustave-Roussy, ça pue le bon Samaritain, non ? Il ne porte pas d'alliance, et ça peut être un piège, c'est un vieux coup, ça, l'homme marié avec enfants qui ôte son alliance. Il me fait penser à ce personnage que jouait Hugh Grant dans un film : il empruntait le bébé d'une amie pour attendrir les femmes en se faisant passer pour un père célibataire, et ça marchait, Jo, crois-moi, ça marchait. Ce dont je suis convaincue, et je te le dis car tu es mon amie, c'est que ce gars, c'est à ton argent qu'il en veut, et je me suis renseignée, il assiste également aux réunions des GA à Lille et à Amiens, il est en chasse, il cherche une proie je te dis, c'est un croqueur de diamants, méfie-toi. Mon cœur bat à cent à l'heure. En plus, ajoute-t-elle, tu as déjà connu ça. Tu sais de quoi les hommes sont capables.

Dix secondes plus tard, je suis dehors. Seule. Catastrophée. Détruite.

La foudre peut frapper deux fois, prétendait Françoise.

Évidemment, j'ai très mal dormi.

Les fantômes des heures anciennes, du temps de Jo, s'en sont donné à cœur joie. J'ai à nouveau ressenti la brûlure de la trahison, le froid de l'abandon, l'eau salée de la solitude. Je me suis revue à Nice, chancelante, me demandant quelle était la façon la plus tragique et la plus rapide de mourir, car j'étais alors certaine de ne pas survivre sans lui, contaminée que j'avais été par sa méchanceté, délaissant la bonté et la bienveillance pour cette amertume qui nous diminue et fait de notre immensité d'êtres humains des petits êtres mesquins, sans ailes ni rêves.

Dans le lit, je me retournais comme une torturée, le drap pesait une tonne, on aurait dit une dalle funéraire. J'étais trempée telle une pestiférée, le pouls enfiévré ; mon cœur qui s'était remis à battre pour Hubert menaçait à nouveau de s'arrêter. Les mots de Fanny vrillaient ma peau, entraient en force dans tous les endroits de mon corps, comme l'auraient fait, je suppose, les balles d'une arme automatique. *Un type dont on ne sait rien. En chasse. Un croqueur de diamants.* Était-il possible que le désir ne vaille pas pour lui-même mais pour autre chose – le manque, la convoitise, la jalousie ? Mon esprit débordait, mille phrases, mille coups m'assaillaient. Comment avais-je pu être aveugle à ce point ? Pourquoi être amoureux rend-il si vulnérable ? Pourquoi notre argent rend les autres malfaisants ? Pourquoi les mamans n'ont-elles que le temps de nous enseigner les beautés du monde, jamais ses ombres ?

La lune dehors, éclairante comme un projecteur de cinéma. La nuit qui n'en finissait pas. Le silence de plomb, pas même une pétarade au loin ou le chant pâteux d'un homme ivre dans la rue, juste le silence dans lequel j'entendais les frappements dans mon corps.

J'aurais voulu descendre à la cuisine, faire du café, griller le pain de la veille, accélérer la naissance du jour, mais je craignais de réveiller papa ou Romain, de voir surgir l'un ou l'autre, les yeux écarquillés, inquiet pour moi. Devoir parler. Pleurer. M'effondrer.

Je suis restée sur le radeau d'épines de mon lit, la tête encombrée de choses encombrantes. J'ai essayé de mettre de l'ordre dans mes idées. Peut-être que Fanny se trompait. Peut-être même était-elle jalouse. Peut-être perdait-elle la mesure des choses, grignotée qu'elle était par la peur de la maladie de son neveu.

Je me souviens, lorsque Nadège est sortie sans vie de mon ventre, avoir quelque temps ensuite vu mon sens des valeurs altéré. Le chagrin déforme la réalité, trace d'autres frontières, et c'est à l'intérieur de celles-ci qu'on erre, avant d'être sauvé parfois, ou pas : moi, c'est Jo qui m'avait arrachée à ce tourment ; il avait arrêté les bières, commencé à rêver pour nous deux d'une jolie vie, et j'y avais cru.

C'est cette idée de jolie vie qui finalement a pris le dessus sur toutes mes pensées tumultueuses de cette affreuse nuit, et a fini par m'apaiser.

J'ai alors repensé à tout ce qui s'était dit à la réunion des GA la veille, à nos rêves du temps d'avant que nous gagnions, quand l'argent n'avait pas encore pollué nos vies, et il m'est apparu comme une évidence que l'argent n'était pas là pour réaliser des rêves, mais des vies.

L'argent doit permettre d'avoir une vie debout.

D'être un être qui marche.

Qui décide.

C'est à cela qu'allait servir le mien.

Enfin le jour s'est levé, timide et gris, je suis descendue à la cuisine, le visage chiffonné d'insomnie et le cœur à nouveau à l'endroit, et tandis que passait le café avec une lenteur enrageante, j'ai fait mes calculs.

Hubert a appelé cinq fois dans la matinée et je n'ai répondu à aucune. Il a fini par laisser un message. Sa voix était fragile, un filet d'eau, et sa respiration inquiète. Il cherchait à savoir pourquoi j'avais quitté la réunion sans prévenir, si j'avais eu un malaise, un accident, une mauvaise nouvelle, une urgence. S'il vous plaît, Jo, je vous en prie, dites-moi que tout va bien. Je ne vous demande pas de m'appeler si vous ne pouvez pas, ou ne voulez pas, ni même de me donner la moindre explication, mais si vous pouviez juste m'envoyer un *ok* par sms, juste ça, un *o* et un *k*, pour me dire que tout va bien, je serais rassuré. Je serais heureux.

Je me dis que ce ne sont pas là les mots d'un filou, mais les filous n'utilisent-ils pas justement des mots de gentleman pour dissimuler leurs intentions filoutes ?

Combien de fois un homme est-il capable de nous dire je t'aime simplement pour coucher avec nous ?

Ou nous dépouiller ?

Je n'ai pas envoyé de *ok*.

Romain m'a rejointe dans la cuisine. Comme son père, il est incapable du moindre mot avant d'avoir bu une gorgée de café. Une fois son café bu, nous avons enfin parlé, je lui ai demandé ce qu'il comptait faire, oh pas aujourd'hui, mais dans les semaines, les mois qui viennent. Je vais t'aider, m'a-t-il répondu dans un grand sourire, je sens bien que la mercerie, ce n'est plus comme avant. Je vais aller y passer la journée, tiens, observer un peu, et je te dirai ce que j'en pense. J'ai protesté pour la forme. Mado fait de son mieux, tu sais, ne va pas la bousculer. Oh, elle est toujours là ? C'est bien la dame qui avait perdu sa fille et que tu avais aidée grâce à ton blog ? Oui, sa fille s'appelait Barbara, elle avait ton âge – et voilà que je porte mes doigts à mes lèvres, comme pour les coudre, retenir un sanglot ; il y a des mots qui, lorsqu'on les accole, ont pour fâcheuse conséquence de vous retourner le ventre et de vous titiller les glandes lacrymales. Je suis soudain traversée par cette peur animale qui frappe toutes les femmes à la seconde même où elles deviennent mères, je frissonne, mon grand fils me serre contre lui, ses bras possèdent désormais toute la force d'un homme, d'un arbre. Je suis là, maman, chuchote-t-il, je suis là, et ma frayeur s'évanouit.

Plus tard, quand il part pour la mercerie sous la pluie, il fait sur le trottoir un petit pas de danse à la Gene Kelly, pour moi, pour me faire rire, et je ris, et lorsqu'il a disparu au coin de la rue alors je rejoins au salon papa, alias Jean Bertin, ingénieur diplômé de l'École supérieure de l'aéronautique, inventeur, à la demande des Aéroports de Paris, du système Turboclair, un système de réchauffement de l'air pour dissoudre le brouillard au moment des atterrissages, et surtout inventeur de l'Aérotrain, un train sur coussin d'air qui fit si peur à la SNCF qu'elle s'empressa de développer le TGV. Papa sourit. L'Aérotrain, j'ai fait ça, moi ? Oui, et le 5 mars 1974, c'est le record du monde de vitesse sur rails des véhicules sur coussin d'air à 430, 2 km/h. Papa me regarde, l'œil pétillant soudain. Il semble chercher quelque chose dans le vide de ses souvenirs puis lâche, dans un sourire malicieux : 430, 2 km/h, ça a dû lui en boucher un coin à El Chueco.

Parfois, je me demande s'il ne fait pas semblant de perdre la tête pour oublier que maman n'est plus là et rendre sa vie plus supportable.

## *Dépense numéro 6 – 3 681 euros par personne, enfant gratuit jusqu'à deux ans*

Ce matin, je remonte de la boulangerie vers la maison, à l'heure où les parents déposent leurs enfants à l'école maternelle de la rue Paul-Doumer. J'aperçois une jeune maman, le teint hâve, presque gris, les yeux éteints, le cheveu triste ; elle sort de l'école, sa démarche est épuisée. Elle entre dans le jardin public adjacent et, je ne sais pas pourquoi, me vient le besoin de la suivre – sans doute parce que j'ai moi-même si souvent titubé après le départ de Jo, et que j'espérais toujours que des bras me rattrapent.

Elle s'assied sur un banc et tout son corps semble se relâcher, abandonner. Je m'installe à côté d'elle, lui tend mon sachet de croissants. Elle tourne doucement son visage vers moi, ses lèvres tremblent, paraissent emprisonner un mot, puis sa main s'ouvre, ses doigts s'emparent d'un croissant, elle mord dedans et je sais qu'à cet instant, elle pourrait pleurer, j'ai pleuré comme elle, alors, de ma voix la plus douce je me mets à parler, à lui chuchoter que je devine, qu'elle est exténuée, que l'enfant ne fait toujours pas ses nuits, qu'elle a parfois envie de tout laisser tomber, de chuter quand elle regarde le vide, qu'elle n'a plus goût à rien, qu'elle a juste envie de dormir, qu'on la laisse dormir, qu'elle rêve de quelques jours de vacances, juste se reposer, qu'on s'occupe de l'enfant pour elle, juste quelques jours, et je lui prends la main, l'entraîne, elle se laisse faire, docile, elle-même une enfant soudain.

Nous descendons la rue des Agaches et, moins de cinq minutes plus tard, je pousse la porte de la petite agence de voyages de la rue Saint-Aubert, sa main se raidit dans la mienne, elle s'apprête à dire quelque chose, je l'en empêche, pose mon doigt sur ses lèvres. Dites-vous que je suis une fée, murmuré-je en souriant, la Fée Marraine dans *Cendrillon*, par exemple, et que c'est votre jour de chance. J'explique à la conseillère que c'est pour un départ dans les jours qui viennent. C'est un mois un peu cher, annonce-t-elle. Dans les jours qui viennent, répété-je, tout, absolument tout compris, et dix minutes plus tard, les papiers sont faits pour une semaine au Club Med Magna Marbella en Espagne, deux adultes et un enfant, trois baby-sitters sur place pour s'occuper de lui vingt-quatre heures sur vingt-quatre. Reste à éditer les billets d'avion, se réjouit la conseillère, et tout est en ordre. Je me lève ; en se redressant à son tour, la jeune maman fait tomber sa chaise, elle me prend dans ses bras, m'étreint longuement, et lorsque nous nous séparons, ses yeux débordent d'eau, elle voudrait m'offrir un mot – Chut, lui dis-je, chut.

Et je sors.

Cent mètres plus loin, dans la rue, j'envoie un *ok* à Hubert.

Je n'ai pas assisté à la dernière réunion des Gagnants Anonymes de peur d'y croiser Hubert, de devoir soutenir son regard et de prendre le risque d'être bousculée par son sourire qui me liquéfie, me donne des envies de vingt ans, de peaux et autres vertiges. Mais voilà que Fanny qui passe à la mercerie pour que nous allions déjeuner toutes les deux m'apprend qu'Hubert n'était pas là non plus – craignais-tu que je t'aie démasqué, Grand Coquin[1] ?

Je fais les présentations, Fanny, Mado, Romain, mon fils, et il me semble surprendre une roseur furtive sur les joues de Mado. Nous échangeons quelques

1. Bien que le sobriquet puisse ici laisser sous-entendre une bien sympathique grivoiserie, ce n'est pas cette possibilité qu'il faut retenir, mais le nom de ce personnage de renard roublard, « clopinant sur trois pieds », qui, dans le roman de Collodi, associé à Gédéon, plume le pauvre Pinocchio des cinq pièces que lui a confiées le marionnettiste Mangiafoco.

banalités polies, puis Romain s'enquiert de son neveu, Fanny se trouble. Oh, me dit-elle, tu en as parlé ? Je ne savais pas que tu ne voulais pas. Ce n'est pas ça, bien au contraire, me corrige-t-elle, ça me touche énormément, du coup on est plus nombreux à espérer, à y croire. Bien sûr, Mado verse alors sa petite larme car le souvenir de sa fille Barbara la tisonne toujours, entendre des histoires d'enfants qui souffrent l'amoindrit à chaque fois, et Romain, le cœur sur la main, la serre contre lui, Mado petit oiseau soudain à l'abri dans la force de mon fils – et ma chair de maman tremble de joie à l'idée que nous sommes tous une famille, où l'amitié et l'amour triomphent du chagrin.

Même s'il fait un peu frais aujourd'hui, nous partageons, Fanny et moi, une pizza à la terrasse du Vidocq, rue des Trois-Visages. Nous rions en évoquant Brigitte et son Birkin, nous nous moquons gentiment du modérateur, de ses envolées lyriques parfois, nous plaignons Georges, désemparé depuis le départ de sa femme, assis sur un inutile tas d'or, Pascale qui se *sépare* de son Alain depuis qu'elle a gagné en *séparation*, et après un verre de vin, Fanny se livre.

Si elle a réussi à conserver son T1, c'est cette fois la CAF qui la somme de rembourser des mois de RSA, car un gain important au Loto entre dans le calcul de ses ressources. Je fais comment, moi ? demande-t-elle, effondrée. On s'en sort comment si, à chaque fois qu'on gagne un petit quelque chose, on nous l'enlève d'un autre côté ? C'est pas eux qui s'occupent de mon neveu, pas eux qui ne dorment pas la nuit quand il pleure de douleur, pas eux qui courent les examens, les médecins pour trouver un traitement, c'est délicat, nous dit-on, on peut opérer, mais c'est délicat. Il a trois ans. Il peut y avoir des grosses séquelles. Pire, peut-être. Je pose ma main sur la sienne et la sienne est froide et tremble. Je leur ai dit que l'argent de mon Loto servait à ça, poursuit-elle, et on m'a répondu que l'usage que je faisais de mon argent ne les regardait pas. Vous pouvez bien acheter une voiture de sport si vous voulez, m'ont-ils dit, nous on surveille, c'est tout. Je vais t'aider, Fanny, lui dis-je. Tu es adorable, Jo, tu es une sœur, mais je dois essayer de m'en sortir seule. Oh, je ne le ferai pas pour toi, précisé-je, mais pour ton neveu. Comment s'appelle-t-il d'ailleurs ? Elle s'empare de son téléphone portable, ouvre l'album photo, son doigt *scrolle* (c'est un mot que m'a récemment appris Romain parce que je disais *gigote* et qu'il me suppliait, Je t'en prie, maman, ne sois pas *ringarde*) et s'immobilise sur une image qu'elle me tend. C'est une adorable frimousse sous un bonnet en peluche avec oreilles et une sonde nasale à oxygène, il a la peau très pâle, les yeux cernés, un sourire timide ; je frissonne à mon tour. Voici Nathan, dit-elle, mon petit neveu d'amour. Je ne dis rien parce qu'il y a encore des mots que je ne peux pas prononcer sans m'effondrer, c'est un défaut de fabrication des mamans, ça, mais Fanny poursuit, On est sur un projet d'essai clinique à Montréal, au CHU Sainte-Justine, parce qu'il n'y a rien ici.

Si le chagrin fait pleurer, l'espoir aussi, alors oui, nous nous mettons toutes les deux à sangloter puis à rire. La plus petite des lumières suffit parfois à éclairer le monde.

La journaliste de *L'Observateur de l'Arrageois* est passée à la mercerie, tandis que Mado et Romain étaient partis déjeuner. Ces deux-là s'entendent comme larrons en foire, me semble-t-il, ils adorent travailler ensemble, débordent d'idées pour les vitrines, la mise en avant des produits, et les voir ainsi heureux après ce qu'ils ont chacun traversé me rend heureuse à mon tour.

Nous nous étions rencontrées, la journaliste et moi, il y a trois ans. Elle était venue faire un article sur *dixdoigtsdor*, lequel article avait notoirement boosté et buzzé mon blog. Tu vois, Romain, j'essaie de ne pas faire *ringarde*. Lol. (Bon, je suppose que *lol* est sûrement déjà *ringue*. Tout comme *ringue*, d'ailleurs.)

Elle n'a pas changé. Toujours sa belle allure, ses grands yeux curieux, un brin de mélancolie derrière tour ça – je le sais.

Alors Jocelyne, lance-t-elle, ça fait quoi de jouer les Mères Noël dans Arras ? Je m'étouffe. Pardon ?

D'offrir des bulletins d'EuroMillions sur la place des Héros ? poursuit-elle. D'organiser une journée essence gratuite au Total de la rue des Rosati ? Ou de payer leurs courses aux clients du Leclerc ? Je suis cramoisie. Je ne vois pas du tout... Mais elle m'interrompt. Il y a des vidéos, vous savez, on vous voit régler un chariot rempli de couches et d'accessoires pour bébé, on vous reconnaît en grande discussion avec un policier municipal qui vous arrache des mains un paquet de bulletins d'EuroMillions. Tout est vu aujourd'hui. Les murs n'ont plus d'oreilles, ils ont des yeux. Elle s'approche de moi. Il y a trois ans, dit-elle, je vous avais demandé ce que vous feriez si c'était vous la gagnante d'Arras. Elle sort alors de sa poche un petit magnétophone. Appuie sur la touche play. Soudain, j'entends ma voix. Ma voix peureuse. Hésitante : « Je ne sais pas. Ça n'est pas arrivé. Je ne suis pas une sainte, vous savez. » Touche stop. Quelques longues secondes de silence. J'ai su ce jour-là que c'était vous, Jo. À cause du mot « sainte ». À cause de cette terrible culpabilité du gagnant. Cet insupportable écartèlement. Presque une malédiction. Est-ce que je garde tout pour moi ? Est-ce que j'essaie d'aider les autres ? De faire le bien autour de moi ? Je suppose qu'il est terrifiant de gagner autant, cela finit par coûter très cher.

C'est moi maintenant qui l'interromps, Alors je crois que vous avez votre réponse. Nous pouvons en parler ? me relance-t-elle aussitôt. C'est cela que vous allez faire de votre argent, Jo ? Le distribuer ? Offrir des courses, des repas, des voyages peut-être ? Non, dis-je. L'argent peut faire bien mieux que ça.

– Je vous offre un café ? me propose-t-elle.

J'ai ce qu'il faut ici, il y a une kitchenette derrière. Je fais couler deux expressos, l'invite à s'asseoir, m'assieds à mon tour et entreprends de lui raconter la façon dont je vais dépenser 15 millions d'euros.

Lorsque j'ai terminé, je lui fais promettre de ne pas encore l'écrire dans son journal. J'aimerais que les choses soient un peu plus avancées de mon côté. Vous pouvez compter sur moi, Jo, lâche-t-elle en refermant le carnet dans lequel elle a pris mille notes. C'est remarquable ce que vous faites. Non, dis-je, c'est normal. Les femmes savent que la vie, ça se donne.

## *Dépense numéro 7 – 14,30 euros*

À La Grande Librairie de la rue Gambetta, j'ai offert *Chez les heureux du monde* à une femme qui achetait *Cinquante nuances de Grey.*

– Oh là là là, faut que je te dise, ma Jo, voilà que Danièle nous a quittés, Christian et moi, et l'appartement, elle est partie avec nos Vuitton, des copies, mais quand même, remplies de vêtements, elle a pris une chambre à l'hôtel de l'Univers en exigeant que je paye la moitié. Tu comprends, Françoise, m'a-t-elle expliqué, tu es pour quelque chose dans toute cette affaire, tu t'es bien gardée de me dire que c'est Jo qui avait gagné, alors c'est normal que tu partages mon infortune ; oui, oui, elle a bien utilisé le mot *infortune*, c'est un comble tout de même, tu ne trouves pas ? Bref, elle est à l'hôtel, Christian est passé la voir plusieurs fois, rien à faire, une huître, elle ne reviendra pas, elle demande le divorce, elle dit qu'elle cherchera peut-être un appartement en centre-ville mais que pour l'instant elle est bien là où elle est, elle a pris une *junior suite*[1],

1. Ici, Françoise fait un effort de prononciation anglaise. Elle dit *djunior souite.*

tu te rends compte ? Et surtout, elle veut se mettre en quête d'un homme, d'un nouveau mari, un riche, elle a précisé, un possessif, pas un gars qui la partage avec n'importe qui. Mais je ne suis pas n'importe qui ! me suis-je emportée. Je suis ta sœur, Danièle, ta sœur ! Ce n'est pas la première fois qu'on partage quelque chose quand même, souviens-toi de nos habits, je lui ai dit, de nos chaussures, nos bijoux, on partageait tout, même notre journal intime, même Martin Pignard en quatrième, on se l'est partagé, il nous a embrassées et pelotées toutes les deux, bon, c'est vrai, il pensait qu'on était la même, mais quand même, tiens, et Olivier Mordacq, ne l'oublie pas, lui, Danièle, c'est lui qui nous a dépucelées toutes les deux, quand même, et là, c'est Christian, c'est notre mari, on peut se le partager. Une huître, je te dis, Jo, il n'y a que pour le salon qu'elle veut bien continuer avec moi. Encore heureux, je lui ai dit, parce que si on n'a plus ça entre nous, autant ne plus être sœurs, autant se séparer, se tuer tout de suite, non mais tu imagines, Jo, Danièle qui nous quitte, fond un plomb, ou pète, je ne sais plus, oh là là là, quelle vie. En tout cas, il va falloir lui trouver quelqu'un rapidement parce que je ne vais pas pouvoir continuer longtemps à payer la moitié de sa *djunior souite*, et Christian hésite à m'aider, il râle, tu sais, déjà qu'il va sûrement devoir lui verser une pension, et c'est moi qui fais les frais de sa mauvaise humeur. Je perds beaucoup dans l'affaire, me dit-il, et je te rappelle qu'il est sous-directeur à la Société Générale, c'est peu dire qu'il sait compter. J'en avais deux, dit-il, il m'en reste une, c'est 50 % de perte. Mais tu ne sais pas le pire, ma Jo, ce qui m'a fait le plus mal, c'est pas que Danièle soit partie, ça je ne m'en remettrai jamais, c'est que Christian, pour des raisons administratives, prétend-il, des raisons professionnelles aussi, parce que ça serait mal vu qu'un sous-directeur en pleine ascension divorce, au moment même où les affiches de sa banque montrent des images de familles heureuses, de couples amoureux, d'embrassades et tout, il veut m'appeler Danièle. Oui, Jo, Danièle, moi, Françoise. Il dit que ça ne changera rien, qu'il m'aimera toujours comme Françoise, mais que ça serait plus simple en ville, dans les dîners, tout ça, parce qu'il dîne maintenant qu'il est sous-directeur, et Danièle l'accompagnait, mais ça me fait bizarre quand même de penser que pendant la chose, enfin, l'acte, tu vois ce que je veux dire, il crie *Ah Danièle*, parce qu'il crie pas mal Christian pendant l'action, il crie des choses embarrassantes parfois, comme *Tu es bonne, Dis-moi qu'elle est grosse, Ah ma pute, ah ma pute…* Regarde, Jo, même devant toi ça me fait rougir rien que de le dire, mais quand on est toutes les deux, Danièle et moi, ça nous fait plutôt rire, mais là, toute seule, quand il criera ces cochonneries en m'appelant Danièle, pour sûr que ça va me faire un choc, d'autant que je suis un peu moins joueuse que Danièle de ce côté-là, non pas que je n'aime pas, mais ça me gêne, oh là là, je suis encore toute rouge, tout ça pour te dire, ma Jo, que ça serait bien que tu m'appelles Danièle dorénavant, histoire que je m'habitue, mais promets-moi, promets-moi que tu n'oublieras pas que c'est moi Françoise, et qu'on sera toujours les meilleures amies du monde, parce que sinon, j'aurai tout perdu.

Et elle s'est mise à pleuroter.

Alors j'ai recueilli ma meilleure amie du monde dans mes bras et je l'y ai gardée longtemps. Je lui ai soufflé que je l'aimais, que je serais toujours là pour elle, qu'elle continuerait à être heureuse avec Christian, et peut-être plus encore maintenant, qu'on allait trouver quelqu'un pour Danièle et que j'avais peut-être même déjà un nom en tête, et j'ai ajouté, Mais ça peut ne pas être facile, Françoise, euh, je veux dire, Danièle.

Je me souviens. J'avais quinze ans et j'avais tapissé le mur de ma chambre de photos de l'émoustillant Joe Dassin – il venait de sortir la chanson *Dans les yeux d'Émilie* et je haïssais les deux Émilie de l'école, Émilie Flipo et Émilie Canart ; maman était venue s'asseoir sur mon lit et m'avait demandé, Pourquoi lui ? J'avais hésité avant de répondre et ma réponse avait été une question, Tu crois que je pourrai l'épouser plus tard ? Maman n'avait pas ri, ne s'était pas moquée, pas affolée, elle avait juste soupiré, caressé mes cheveux, mon front, ma joue, et répondu, C'est possible, Jo, ça peut ne pas être facile, mais c'est possible.

Mine de rien, les mamans font d'incroyables cadeaux.

Ce soir, je suis avec les deux hommes de ma vie. Papa et Romain. Dîner à la maison. Rigatoni aux champignons et aux amandes, accompagnés d'un épatant Serpaiolo, une de ces petites merveilles de Toscane que m'avait fait découvrir mon Vittorio Gassman. Waouh ! s'exclame Romain à la première gorgée. D'habitude je n'aime pas trop le vin, mais là, je dois reconnaître que c'est un parfum[1], mûre, cassis, chêne, tabac, vanille. Ressers-moi donc, demande papa, je n'ai pas très bien perçu la mûre ni le tabac ! Et nous rions, et il me semble entendre de nouveau maman rire aux blagues de papa, leurs fous rires à tous les deux, complices, amis, amoureux, je pensais alors, du haut de mes dix ans, que l'amour c'était de rire ensemble.

Mais voilà que papa semble s'égarer doucettement, il me regarde et, le plus sérieusement du monde, en

1. Et au même prix, d'ailleurs, que le N° 5 (flacon de 7,4 ml). Mais je ne dis rien.

désignant Romain de l'index, m'interroge, Marie (c'est le prénom de maman), sais-tu qui est ce jeune homme ? Il me semble qu'il était là déjà tout à l'heure et que nous avons parlé, il est tout à fait drôle, figure-toi, il m'a raconté qu'il a travaillé dans un, oh, redites-le jeune homme. Un sex-shop, grand-père, enchaîne Romain, amusé, et le sourire de l'extravagant Mr. Deeds illumine le visage de papa. Un sex-shop, non mais quelle imagination, quelle hardiesse !

Soudain, son sourire séduisant s'amenuise.

– Mais, dis-moi, Marie, pourquoi vient-il de m'appeler grand-père ?

Je ne suis pas Marie, papa. Je ne suis pas ta femme. Je suis ta fille, et maman et toi m'avez nommée Jocelyne, surnommée Jo. Un jour, j'ai rencontré un Jocelyn… Oh, que c'est amusant, me coupe papa. Et nous avons eu trois enfants. L'une est morte en venant au monde, une autre est installée à Londres et devrait venir le week-end prochain, et le troisième est devant toi, papa. Ce beau jeune homme, là, c'est Romain, c'est ton petit-fils. Il vit ici, avec nous, et il nous aide à la mercerie, Mado et moi.

– Mais alors, où est le jeune homme qui travaillait dans un sex-shop ?

Romain baisse la tête, il est triste aussi.

Dis-moi que tu fais semblant, papa. Je t'en prie.

Dis-moi que tu fais l'imbécile depuis toutes ces années parce que tu es malheureux, que tu n'as plus de vie depuis que maman n'est plus dans la tienne, qu'il faut t'en inventer sans cesse une pour combler ton vide sidéral, que tu te joues de nous par désœuvrement, par chagrin et par amour.

Dis-moi, sinon je finirai par devenir folle.

– Je marche, raconte Georges de sa belle voix lente et grave. Je regarde les vitrines. Les montres, par exemple, chez Dael & Grau, rue Désiré-Delansorne. (Il a un sourire désenchanté.) Désiré, en plus. Je me penche, 5 000 euros, 8 000, plus les prix sont gros, plus ils sont affichés petit. J'imagine entrer. Euh, bonjour madame, j'aimerais ce modèle-là. Bien monsieur, vous le souhaitez en boîtier acier à 6 900 ou boîtier or à 44 300 ? Euh, acier, je suppose, non pas parce qu'elle est moins chère, mais parce que je la trouve plus belle. Je paye, je ressors, c'est simple. Pareil chez Mercedes, c'est un autre exemple, la nouvelle concession sur la départementale 60, direction Beaurains. Un coupé. Plus de 120 000. Je rêvais d'une voiture comme ça quand j'étais gosse. (Il se tait un instant, nous regarde tous.) Comme la plupart d'entre vous, je pourrais m'acheter tout ça, mais je n'ai envie de rien. Je m'en fiche. Je ne désire plus rien. Ce qui était beau, c'était le désir justement. C'était économiser.

C'était attendre. C'était rêver. Cet argent m'a amputé de tout ça. Dépossédé de ce qui rend chaque jour magnifique : l'envie de quelque chose. L'envie. Ces petits pas qu'on doit faire, et qui sont les plus beaux, parce que les plus incertains. Voilà. Euh... ce que je voulais dire ce soir.

(Applaudissements.)

Le modérateur se replie sur lui-même. Une sorte de cornemuse molle. Il inspire profondément. Le témoignage est grave. Il hésite. Cherche ses mots, parce que Georges perd pied, qu'il s'enfonce dans la mélancolie.

Mais Brigitte lève la main et intervient avant même qu'il ne lui donne la parole.

– Je comprends, mais je ne suis pas entièrement d'accord avec Georges. Mon Birkin arrivera avec quinze jours de retard et je ne trouve pas que l'attente soit un moment agréable. Au contraire. Pff.

(Aucun applaudissement.)

Au tour de Fanny.

– Moi, je suis très touchée par ce que tu as dit, Georges. D'autant que c'était exactement le contraire pour moi. Quand je passais devant Dael & Grau ou Folle de bijoux, bon, jamais devant Mercedes (elle rit), je me disais, regarde, Fanny, regarde bien, voici tout ce que tu ne pourras jamais avoir. Et je ne crois pas que ça me rendait si triste que ça. Cela dit, je pense maintenant que l'argent qu'on a gagné, le tien, le mien, c'est quand même une chance, une bonne étoile. Du coup, comme on a justement moins de problèmes... d'argent, si je puis dire, on peut en effet peut-être *attendre*, puisque c'est ce que tu aimes, attendre autre chose de la vie.

(Applaudissements.)

Le modérateur fait un bond.

On a tous aussitôt un mouvement de recul. Les pieds des chaises grincent épouvantablement. Certains poussent un petit cri d'effroi. C'est une envolée de moineaux.

– C'est ça ! s'exclame-t-il, possédé. C'est ça ! Attendre. Attendre autre chose de la vie. Ah, quelle formule, Fanny, quelle formule !

Fanny me regarde, ses yeux brillent, sa main bâillonne un rire.

– Voilà ce à quoi je vous demande de méditer pour la semaine prochaine, conclut-il, extatique.

Dans ma tête se crayonne alors la liste de ce que j'attends de la vie :

La gentillesse.
La générosité.
La tolérance.
Le respect.
La courtoisie.
L'équité.
La miséricorde.
La simplicité.

La nature.
L'amour.

Rien de ce que l'argent puisse acheter, en fait.

Le modérateur lève la séance ; on se retrouve tous autour de l'apéritif qui, réunion après réunion, devient plus sophistiqué, plus abondant. Pascale et Julie apportent des salades (céréales, légumes, pommes de terre, taboulé), Raoul, saucisson et jambon, Thierry, champagne (toujours dans une housse réfrigérante), Brigitte, quiche ou tourte (ça la fait rire, elle lance, Puisque vous me prenez tous pour une quiche, en voici une ! et on rit de bon cœur avec elle), Fanny, tarte sucrée, et les autres, vin, et les garçons challengent Sébastien, Tu peux nous avoir un château-grillet ou une caisse de La Grande Rue ?

On passe ensemble une heure joyeuse, on s'enquiert des uns et des autres (sauf du Birkin de Brigitte). J'ai raté les deux précédentes réunions pour éviter Hubert mais il n'est pas venu non plus, pas plus que ce soir, et voir sa chaise vide, j'avoue, m'a un peu remuée – peut-être Fanny se trompe-t-elle, peut-être ma méfiance est-elle exagérée.

Je me ressers un verre de vin et Fanny est soudain là, près de moi, elle pose sa main sur mon épaule, se penche et me murmure, Arrête de penser à lui, Jo, c'est un filou je te dis, un margoulin, des hommes bien il en existe des tas, tiens, Thierry, là, l'héritier, le gars de Néchin, c'est un doux, lui, un vrai gentil, qui a plein d'amour à donner. Je souris parce que c'est Thierry à qui je pensais pour Danièle (Danièle)[1]. Un attentionné, avec du bien, avec du cœur. Vas-y, me souffle Fanny, vis un peu, Jo, et elle me pousse discrètement vers lui.

Thierry papote avec Pascale et Julie, je me joins à elles, puis j'attends le moment opportun pour le prendre un peu à part. Fanny m'observe, l'air malicieux, m'encourage muettement, Allez ! allez !, alors je dis à Thierry, Depuis que tu nous as raconté ton histoire, ton enfance, Deneuve et Sharon Stone, toute ta solitude, je pense qu'il existe forcément quelqu'un pour toi, quelqu'un de gentil, qui t'aimerait pour qui tu es, bon, et peut-être aussi un petit peu pour tes sous, parce que ce n'est pas désagréable de ne pas toujours avoir à regarder le prix d'un steak ou d'un kilo de fraises (nous sourions comme deux gamins maladroits), ou d'un petit rouge à lèvres Dior, eh bien je crois que j'ai trouvé. Elle s'appelle Danièle.

Thierry me considère comme, je suppose, sœur Marguerite-Marie Alacoque a considéré, en juin 1675

1. Puisque Françoise veut maintenant être appelée Danièle, j'accolerai désormais, pour des raisons de fluidité et pour qu'on s'y retrouve (à commencer par moi-même), entre parenthèses le prénom originel de chaque jumelle à son prénom d'usage.

à Paray-le-Monial, Jésus qui lui apparaissait et venait lui montrer son cœur.

Je crois un instant qu'il va pleurer.

Plus tard, dans la rue, en marchant vers la maison, j'ai envoyé un bref texto à Hubert.

*Ok ?*

## *Dépense numéro 8 – 38,99 euros*

Pharmacie du Théâtre. Un jeune garçon (quinze, seize ans ?) est juste devant moi. Il semble un peu nerveux, mais d'une nervosité de timide, pas celle d'une petite crapule.

Voilà que c'est à son tour de régler son achat et, le plus discrètement possible, il pose sur le comptoir une boîte de dix préservatifs. 9,99, annonce la pharmacienne. Il compte ses pièces, embarrassé. Elle lui propose alors un petit étui de deux à 1,99.

Je tends la main, m'empare de la plus grosse boîte que je pose devant lui. C'est moi qui paye, murmuré-je. Le garçon n'ose pas se retourner. Je sens que tout son corps se tortille quand il mâchouille un Merci m'dame, avant, son trésor dans la main, de filer fissa vers son impatience.

Comme elle s'y était engagée, la journaliste m'a envoyé le brouillon de son article. Il a pour titre : « L'argent fait le bonheur. Des autres. »

Elle raconte tout.

Le chèque de 18 millions de la Française des Jeux, il y a trois ans, que j'avais longtemps hésité à encaisser et que mon mari m'avait finalement volé.

L'argent qu'il n'avait pas dépensé et que j'avais récupéré, avec lequel j'ai récemment essayé d'égayer la vie de quelques-uns en leur offrant leurs courses, ou un plein d'essence, des bulletins d'EuroMillions, des petits gestes aimables, des bonnes surprises, mais qui ne changeaient pas vraiment le cours de leur vie.

Par contre, avec ce que je m'apprêtais à faire, oui.

J'allais donner 100 000 euros (environ) à chaque personne qui chercherait à financer un projet susceptible de lui permettre de décider de sa vie. De la gagner. D'être libre en somme, écrivait-elle, et sans doute, ajoutait-elle, plus heureux.

Quinze millions. Cent cinquante personnes.

Cent cinquante personnes que les banques refusent souvent d'aider parce qu'elles ne portent pas un beau costume, n'ont pas obtenu le diplôme qu'il faut, n'ont pas le patronyme qui convient, ou l'âge, ou parce que leurs projets sont jugés farfelus, ou idéalistes, ou pas assez rapidement rentables – selon l'idée que compte encore dans notre petit monde uniquement le profit, jamais la fraternité, jamais la jouissance, jamais la munificence.

Et pourtant.

Le monde a été enrichi par des gens qui ne se sont jamais enrichis. Qui avaient des idées farfelues, idéalistes et pas immédiatement rentables.

Van Gogh.

Monet.

Modigliani[1].

Vermeer.

Emily Dickinson.

Nick Drake.

Edgar Allan Poe.

Kafka.

Jimi Hendrix.

Gauguin.

---

1. Né dans une famille pauvre, mort pauvre à 35 ans, son *Nu couché* (1917) s'est vendu 170,4 millions de dollars en 2015. À titre de comparaison, cette même année, le boxeur Floyd Mayweather a gagné 300 millions de dollars (de son vivant).

Et tant d'autres.

Je voulais, écrivait pour moi la journaliste, être les bons numéros de ceux qui ne gagnaient jamais.

Je voulais leur permettre de s'approcher au plus près de leur propre vie.

Je voulais donner ce qu'on m'avait volé.

Elle ajoutait qu'un célèbre économiste expliquait que si tous les riches donnaient chacun 100 000 euros, ou même 50 000, pour soutenir un projet qui permettrait à plusieurs personnes de vivre, de se développer, cela finirait par « créer un cercle vertueux de valeur créatrice de richesse humaine et économique et détournerait de l'impasse de l'assistanat ».

Parfois, les choses paraissent si simples.

Elle me demandait enfin de lui communiquer les premiers projets que je m'apprêtais à soutenir.

J'en avais déjà reçu quatre :

– Création de soixante petits jardins potagers à répartir dans les quartiers Bocquet-Flochel, Saint-Fiacre, Prieuré et Polygone (67 000 euros, Xavier, 34 ans).

– Achat d'un camping-car pour créer un cabinet dentaire ambulant dans les villages désertés et couvrir le triangle Marœuil/Rivière/Monchy-le-Preux (110 000 euros, Sandrine, dentiste, 38 ans).

– Adaptation d'un atelier à la fabrication de bouteilles et emballages, 100 % végétal à base de bagasse de canne à sucre, 100 % compostable, 90 % biodégradable en six mois (71 000 euros, Nicolas, Rachida et Jeannot, 91 ans à eux trois).

– Création d'un centre d'équithérapie pour aider à la réinsertion des jeunes délinquants (135 000 euros, hors achat des chevaux. Compter environ 2 200 euros/cheval, Moh, 30 ans, Monique, 58 ans, Louis, 62 ans – ancien détenu, précise-t-il).

Cela me rend terriblement heureuse de rendre heureux.

Mais voilà, il y a toujours, quelque part, un empêcheur de tourner en rond.

Ce matin, je me rends au centre des impôts de la rue Diderot. Suite à la parution de l'article dans *L'Observateur de l'Arrageois*, j'ai été convoquée, courrier officiel, en-tête de la République – toujours un peu alarmant –, par un certain Yves Monnet, inspecteur principal.

L'homme est affable. Entrez, entrez, madame Guerbette, installez-vous, merci de me rendre visite, c'est toujours bien agréable de rencontrer du monde, de mettre un visage sur des chiffres, et quels chiffres, madame Guerbette, quels chiffres ! La gagnante d'Arras ! C'est formidable, ça, tout de même, gagner des millions, sans impôts, hé, hé, cela nous fait moins de travail. Voulez-vous un café ? Nous avons depuis peu une machine Nespresso et j'avoue que leur *arpeggio* avec ce petit arrière-goût de cacao m'enchante. Oui ? Très bien. Il décroche son téléphone, Jeannine, deux *arpeggio*, je vous prie. Voilà, voilà, c'est bien. Je parle de chiffres, mais rassurez-vous, madame Guerbette, j'aime aussi les mots. Je n'irais certes pas jusqu'à parler de poésie, n'exagérons tout de même pas, mais les mots de tous les jours, comme ceux que l'on trouve dans les livres par exemple, ou dans le journal, je les aime. Ah, le journal, lecture instructive, s'il en est, oui, *très* instructive.

Il se tait un instant. Appuie ses coudes sur son bureau, se penche vers moi. Son regard s'assombrit légèrement.

Et les mots que j'ai lus dans le journal, madame Guerbette, me tracassent. Je dois avoir l'air étonnée, car il précise, Me contrarient, même, et, pour être tout à fait franc, ils m'alarment, ces mots.

C'est à ce moment-là que Jeannine entre avec les deux *arpeggio*. Ah, merci, Jeannine, dit Yves Monnet en se frottant les mains, voici mon petit moment de gourmandise, ah, ah. Vous m'en direz des nouvelles, madame Guerbette, je vous en prie, servez-vous. Mes doigts tremblent lorsqu'ils s'emparent de la tasse. J'ai chaud. J'ai froid. L'inspecteur principal repose la sienne après en avoir savouré, en fin connaisseur, une petite gorgée et son regard se fait à nouveau sombre. Je n'aime pas ce que j'ai lu, madame Guerbette, ces mots qui disent que vous vous apprêtez à donner de l'argent.

Il sort la coupure du journal d'un dossier bleu posé devant lui, sur lequel je découvre mon nom joliment calligraphié. Je lis, lit-il, « 100 000 euros à chaque personne qui chercherait à financer un projet susceptible de lui permettre de décider de sa vie ».

Il remet la coupure dans la chemise bleue.

Ce sont des mots terribles, ça, madame Guerbette, presque des épines qui blessent l'inspecteur principal des finances que je suis. On ne donne pas de l'argent comme cela, vous savez. Je m'apprête à une protestation qu'il muselle d'un geste sec de la main. Je n'ai pas fini, chère madame. La loi est très claire. Vous pouvez, certes, donner de l'argent à qui vous voulez, de préférence à un proche, mais d'un montant raisonnable, et à l'occasion d'un événement ponctuel, tels un mariage, un anniversaire, une naissance, et pourquoi pas une réussite à un examen. Mais sommes-nous ici dans le cas d'un montant raisonnable ? Je ne le crois pas. Sommes-nous ici dans le cas d'un mariage ? d'un anniversaire ? Je ne le pense pas non plus. Alors, oui, il y a toujours la possibilité de donner jusqu'à 31 865 euros *sans impôts* à un enfant, petit-enfant, arrière, à condition de le déclarer à l'aide du formulaire 2735, mais là encore, je vous le demande, madame Guerbette, ces personnes dont vous parlez dans le journal sont-elles vos enfants, petits-enfants, arrière-petits-enfants ? J'ai la faiblesse de ne pas le penser.

Il regarde un instant par-delà la fenêtre de son bureau, soupire.

Bien sûr, reprend-il, pour éviter de payer des impôts,

il y a les cagnottes. C'est à la mode, les cagnottes. On en trouve pour tout, l'achat d'une voiture, la réparation d'un toit, la production d'une chanson, on demande aux autres de payer pour soi, mais attention, nous ne sommes pas vraiment des Bisounours, si vous me permettez cette catachrèse. Nous voyons tout. Nous entendons tout. On ne nous abuse pas facilement. La seule chose, je vous le concède, qui pourrait être acceptable pour le Trésor public, et je dis bien *pourrait*, ce serait une cagnotte pour des frais médicaux, un enfant malade, un syndrome de Rett, une dysphasie, quelque chose d'horrible et de poignant à la fois, mais là aussi, nous sommes très sourcilleux.

Il me dévisage un instant, puis sa bouche se fend d'un curieux sourire.

Il finit son *arpeggio*, pousse un soupir de satisfaction. Vous ne terminez pas votre café ? me demande-t-il. Vous n'aimez pas ? C'est l'arrière-goût de cacao peut-être ? Pourtant, le mélange est charmant.

L'inspecteur Monnet repose sa tasse sur le petit plateau qu'a apporté Jeannine. Donc, conclut-il, votre argent, madame Guerbette, vos *15 millions* comme le rappelle plusieurs fois cette journaliste, vous ne pouvez pas les donner comme cela.

Puis il se tait, s'enfonce dans son fauteuil à double rembourrage et me considère en vainqueur.

Je sens alors comme une vague qui reflue en moi, un boxeur qui recule pour rassembler ses forces, parce que je n'en ai plus, parce que je suis consternée. Je pourrais vomir. Mais voilà que je décide de me défendre. Pourtant, je ne fais rien de mal, dis-je, j'aide simplement des gens qui ont besoin d'aide. Mais ce n'est pas à vous de faire cela, madame, m'interrompt-il, c'est nous, les Robin des Bois, c'est l'État. C'est nous qui prenons aux riches pour donner aux pauvres. C'est nous qui aidons ceux qui ont besoin d'aide, comme vous dites. Et pourquoi ne pourrais-je pas le faire ? répliqué-je. En quoi cela vous embête ? Les 60 %, madame Guerbette. Les 60 % ? Les 60 % que nous sommes en droit de prendre sur l'argent que vous donnez à ces personnes. Mais pourquoi les priver de ce que je leur donne ? C'est comme si je vous coupais six doigts ! Comment voulez-vous travailler après ça, taper vos chiffres sur votre petite calculette et remplir vos petits dossiers avec seulement deux pouces et deux auriculaires ?

Yves Monnet a un sourire ourlé de flegme.

L'État, chère madame, est un gros mangeur, entrée, plat, fromage, dessert, et même un petit pousse-café si possible. Mais c'est du vol ! Il lève les yeux au ciel. Du vol, ah, du vol ! C'est ce qu'on appelle les droits de succession, chère madame. Toujours est-il que je prélèverai 60 % sur tout ce que vous donnerez à ces braves gens. Donc, je ne peux pas les aider ? Qui a dit que vous ne pouviez pas les aider ? Vous pouvez les aider, bien évidemment, mais avec vos 40 % restants.

En fait, vous n'aimez pas les gens, mais l'argent. En effet, lâche-t-il, en effet.

Son regard semble s'évader un instant vers le plafond, un sourire chiffonne ses lèvres. Voyez comme les mots sont jolis, madame Guerbette, reprend-il, vous venez de faire une homéotéleute avec votre *argent/gens*. Une rime, dans la même phrase. Comme moi à l'instant, avec *pour cent/restants*.

Je ne comprends rien. Je suis nerveuse. Je finis mon *arpeggio*, il est mauvais, il est froid. Il doit être froid, suppose l'inspecteur principal des finances, en souhaitez-vous un autre ? Nous avons aussi un *volluto*, tout simple, léger et fruité. J'ai envie de lui coller une baffe, toute simple, légère et fruitée. J'ai envie de crier. J'ai envie de pleurer.

Donc, murmuré-je, vous me convoquez pour me dire que je ne peux pas donner mes 15 millions à des gens qui en ont besoin, qui n'attendent que ça pour monter un projet, gagner de l'argent, gagner leur vie, être libres ? Vous préférez qu'ils continuent à dépendre de vous, des aides minables ? Décidément, vous avez un problème avec le réel, monsieur l'inspecteur. Savez-vous combien coûte un paquet de Gauloises ? Je ne fume pas, me répond-il, mais je sais que les taxes s'élèvent à 64,7 %. Le prix d'une baguette ? Il pousse un soupir las. Madame… Un litre d'essence ? Ce n'est pas un jeu, madame. Je sais, monsieur, c'est la vie. Je comprends votre point de vue, madame Guerbette, mais il n'y a rien à comprendre. La *générosité* est un mot qui n'existe pas dans ce bureau. Pas davantage dans le code général des impôts. Ni au Palais-Bourbon. Mon regard est noir. Ceci dit, ajoute-t-il, et je le soupçonne à votre regard noir, si vous pensez y échapper en vous disant que cet Yves Monnet est décidément un imbécile, une bourrique, si vous vous dites, je vais donner mon argent comme je veux, après tout, il est à moi, eh bien sachez, chère madame Guerbette, que j'ai quinze ans pour piocher, gratter, récupérer, et je suis très fort à cela, si j'osais une comparaison, je dirais que je suis un chien truffier, et lorsque j'aurai trouvé, je serai alors en droit de vous demander une pénalité de 80 % sur l'ensemble de votre générosité. Alors, réjouissez-vous de ce que ce ne soit pour l'instant que 60 %.

Je respire lentement, une respiration de ventre censée calmer.

Ce Monnet n'est même pas un con. C'est son bureau qui est un con, son buvard, son dossier bleu, sa chaise rembourrée qui sont des cons, son *arpeggio* qui est un con, c'est son rôle sur terre qui est un con, c'est sa jouissance à appliquer des règles qui détruisent des mots comme *gentillesse*, *partage*, *enthousiasme* qui est une conne.

Voulez-vous ajouter quelque chose, madame Guerbette ? Je dois être blême. Je comprends maintenant ceux qui disent qu'ils pourraient tuer quelqu'un, et je me lève, et il n'y a aucune violence, aucune colère dans mon mouvement, même pas une once de haine lorsque je lui lâche, Vous êtes un colombin. Il me considère, interdit, alors je précise, Monsieur qui aime les mots, de la merde.

Et je m'efface. Sans claquer la porte.

En sortant du centre des impôts, je ne marche pas, je titube.

Tout mon corps tremble, mon cœur frôle la tachycardie. J'ai si peu l'habitude d'insulter quelqu'un, encore moins un inspecteur principal des finances, aussi m'attends-je à entendre un bruit de cavalcade derrière moi, des gendarmes crier, Arrêtez-vous, madame ! Et puis me menotter. Et puis m'emprisonner.

Mais rien de tel ne se produit.

Je descends la rue Diderot, rejoins la rue Mozart, la rue Traversière, j'ai un peu moins d'une heure de marche jusqu'à chez moi et j'ai besoin de marcher, recouvrer mes esprits, laisser ma colère me traverser, m'écorcher, puis l'abattement me lessiver et enfin, « remonter sur le cheval », comme disait papa, remonte, ma petite fille, ne laisse pas un échec te coloniser, tu es d'abord ce que tu essaies, d'abord ce que tu entreprends, Jo, le succès n'est qu'un encouragement.

Facile à dire, papa. Parce que en sortant de chez cet

horrible Monnet, je comprends que si je veux dépenser mon argent pour les autres, mes quinze millions n'en valent plus que six.

En revanche, si je le dépense pour moi, ils en valent encore douze.

Je comprends que le mot *générosité* a du souci à se faire. Par contre, celui d'*injustice* a encore de beaux jours devant lui.

Le ciel s'assombrit.

Rue Pasteur. La maison n'est plus très loin. J'ai mal aux pieds, je me sens poisseuse, envie de pleurer de rage.

J'arrive enfin chez moi, et voilà que j'entends du bruit à l'étage, ce qui est curieux parce que, dans l'entrée, le manteau de papa n'est pas là, ce qui laisse penser qu'il est sorti se promener avec la dame de compagnie. Et puis un rire étouffé. Un bruit sourd. Je lance, Romain ? Romain, tu es là ? C'est toi ?

Le silence soudain.

Lacéré quelques secondes plus tard par le grincement des charnières d'une porte à l'étage. Puis des pas. Le couloir. L'escalier. Ils sont deux. Romain. Mado.

Lui, le cheveu en bataille.

Elle, le visage cramoisi.

Sidération, *n.f.* : Anéantissement soudain des fonctions vitales, avec état de mort apparente, sous l'effet d'un violent choc émotionnel.

Je suis revenue à moi.

Nous sommes tous les trois assis à la table de la salle à manger. Mado propose de me faire un café. Je refuse d'un geste. Quelque chose de plus fort peut-être, Jo ? J'ai vu du Grand Marnier dans la cuisine. Je la regarde. Je regarde mon fils. Mais qu'est-ce qui vous a pris à tous les deux ? Mado, enfin, vous avez mon âge ! Pas tout à fait, Jo, pas tout à fait, je suis de 69. Oh, on ne va pas chicaner sur un an ou deux ! Cinq ans, Jo. Oui, bon, cinq ans, si vous voulez, toujours est-il que mon fils pourrait être le vôtre, enfin, je veux dire, avoir l'âge d'un fils qui serait votre fils. L'âge de Barbara, vous voulez dire ?

Évidemment, à l'évocation de sa fille disparue, il y a un trouble qui s'installe, un chagrin diffus.

C'est un bébé, Mado, reprends-je doucement, et vous êtes une maman et. Romain m'interrompt. Sa voix est belle et grave, un timbre que je ne lui connaissais pas. Je sais tout ce que tu vas dire, maman, lance-t-il, et c'est normal. Ce qu'on vit est anormal. Je le sais. Mais vois-tu, Mado et moi c'est une rencontre incroyable, une évidence inattendue. C'était totalement improbable, je n'ai jamais été attiré par une femme plus âgée ni elle par un gamin et pourtant. À la seconde où nous nous sommes revus à la mercerie, ça a été le début de tout ça.

Les joues de Mado sont deux petites pommes Royal Gala, elle pose sa main sur celle de mon fils. On dirait une plume de cygne qui atterrit à la surface de l'eau.

J'ai immédiatement ressenti de l'amour, maman, je ne peux pas te l'expliquer, mais je sais que tu as connu ça avec papa. Tu m'as toujours dit que tu ne t'attendais pas à lui, mais ça a été lui. Mado, c'est pareil. Je ne ressens pas de différence d'âge entre nous. Là, c'est moi qui l'interromps, Il y en a une, Romain, même si Mado est plus jeune que moi de *cinq* ans, il y a une différence d'âge entre vous, et elle ne va pas aller en s'amenuisant. Je me tourne vers Mado. Vous savez tout cela, Mado, dites-le-lui. Dites-lui que c'est juste un moment, un égarement, une petite passion éphémère, de rien du tout, la tête qui part, le corps qui parle, les peaux brûlantes, que c'était bien, que ça vous a fait du bien à tous les deux, mais que ça ne durera pas, c'est un enfant, Mado. Il me semble que des larmes me montent aux yeux. Mado me sourit et à cet instant je la trouve très belle. Lumineuse. Et je me fais l'effet d'une vieille peau de cinquante et un ans. Je ne peux pas, me dit-elle, je ne peux pas lui dire cela. Nous le savons tous les deux, mais cela ne changera rien au fait que c'est arrivé, que cela nous lie aussi.

Bon, je vais chercher le Grand Marnier, dis-je en me levant.

Seule dans la cuisine, je m'appuie un instant contre un meuble, j'ai envie de rire et de pleurer à la fois. Et d'un important verre de liqueur.

Quand je reviens avec la bouteille et trois verres, je surprends le regard de mon fils sur cette femme et c'est un regard d'une incroyable douceur, une rareté. Mado ramène une mèche de cheveux derrière son oreille et il y a dans son geste la millénaire beauté du trouble des femmes, et pour une seconde il n'y a plus rien d'autre entre eux que cette complicité, ce désir – *ce regret de l'absence*, disait maman.

Les voilà qui sursautent à mon approche, ils étaient si loin déjà.

Le Grand Marnier est fort. Amer. Néanmoins, j'en bois un deuxième petit verre. Et, demandé-je, vous avez des projets ? Je veux dire, vous installer ensemble ? Je ne sais pas très bien ce qu'on peut avoir comme projets quand on est un couple qui a, je ne sais pas, une bonne génération d'écart, d'ailleurs, aimez-vous des choses en commun ? Je veux dire des films ? des chanteurs ? Moi j'aimais Joe Dassin par exemple, et je suppose, Mado, que vous l'avez beaucoup aimé aussi, mais je ne suis pas certaine que ce soit du goût de Romain, les jeunes, vous savez, ont des goûts curieux parfois, et toi, Romain, tu as des goûts en commun avec elle ? Des auteurs ? des livres ? J'avais adoré *Belle du Seigneur*, tu l'as lu ? Et vous, Mado, l'avez-vous lu ? Wharton aussi, j'aime bien, vous devriez lire *Ethan Frome* tous les deux, c'est une magnifique histoire d'amour, un amour impossible. Mais voilà que les larmes qui menaçaient sont là. Quelle aventure, dis-je en essuyant mes joues, quelle surprise, je suis un peu sans voix, même si je parle beaucoup. Ah, Mado, vous m'en bouchez un coin, à vous voir si discrète, si menue, toujours habillée un peu flou, je pensais que vous n'aviez plus vraiment de corps, et toi Romain, je me souviens qu'il n'y a pas si longtemps tu fréquentais une *pole dancer*[1], et qu'il y a trois mois encore tu travaillais dans un vidéo-club *hot*, et je me surprends à dire *hot* comme on dirait *hop !* et je suis parfaitement ridicule et Mado et Romain rient et mon fils se lève, contourne la table, vient m'enlacer, je me sens périmée soudain parce que normalement ce sont les mamans qui embrassent leurs petits. Il me dit qu'il m'aime, il me dit qu'il aime Mado, il me dit qu'il est heureux, enfin, pour la première fois de sa vie, heureux de se

1. J'ai prononcé *poule*, exprès. Je crois que c'est le Grand Marnier et mon ébahissement face à cette nouvelle qui furent responsables de cette petite bassesse.

lever le matin, que ça doit être ça être amoureux, ne plus avoir peur, ne plus être seul, même quand on l'est, et que ni lui ni Mado ne font de plans sur la comète. Un jour à la fois, m'explique-t-il, nos rêves, tu t'en doutes, maman, ce n'est pas de fonder une famille – j'essaie de rire, d'avoir bonne contenance, Ah, chuchoté-je, je me disais bien –, ni de nous projeter dans dix, dans vingt ans – Non, non, bien sûr, dis-je –, c'est juste de passer une nouvelle journée ensemble – Et une nouvelle nuit, suggéré-je, l'air de rien –, oui, et une nouvelle nuit, maman, et de se dire, quand réapparaît l'aube, qu'une autre journée nous attend et que c'est bien. Juste ça. Que c'est bien. Mado se lève à son tour, nous rejoint ; elle vient nous enlacer, mon fils et moi, de ses petits bras menus, et je sais que c'est un baptême.

Soudain, le bruit de la porte d'entrée. C'est papa et la dame de compagnie qui rentrent. Nous essuyons tous nos larmes. Restez dîner, proposé-je à Mado, vous êtes de la famille maintenant. Mado sourit, de ce sourire qu'elle ne devait réserver qu'à Romain et qui illumine son visage. Connaissez-vous le film *Fleur de cactus*[1] ?

---

1. *Fleur de cactus* (1969) est un film de Gene Saks dans lequel jouent Ingrid Bergman et Walter Matthau. Il est dentiste, charmeur, coureur. Elle est son assistante, discrète, ingrate. Jusqu'au jour où il découvre qu'elle est une femme absolument ravissante. Dont, bien sûr, il tombe amoureux.

lui demandé-je. Non. Pourquoi ? Oh, pour rien. Je peux préparer le dîner, Jo, si vous voulez. Avec plaisir, Mado, Romain va vous montrer où sont toutes les choses, de mon côté, je vais voir mon père deux minutes, faire une petite course et je reviens. Merci, Jo.

Tu parles.

## *Dépense numéro 9 – 166,44 euros*

Cavavin, rue Antoine-Vidocq. Une bouteille de Grand Marnier (33,55), deux Barolo La Serra (45,15 x 2), et, oui, pourquoi pas, un paquet de cacahuètes salées. Non, un kilo, c'est peut-être beaucoup, 500 grammes, c'est bien (2,60). Ah, et un Taittinger Prestige Rosé (39,99), oh, vous l'avez au frais ? Formidable. Non, ce n'est pas pour offrir. C'est pour moi, cette fois. Pour nous, je veux dire. Pour ma famille.

La varicelle, parfois appelée *picote*, est une maladie infectieuse très contagieuse, due au virus varicelle-zona, lequel appartient au groupe des herpès-virus.

Elle peut laisser, précise papa dans un éclair de lucidité, des petites cicatrices au cas où les lésions seraient infectées, comme en cas d'impétigo. Il est donc très important de ne pas se gratter.

– Fergus, est-ce qu'Oliver se gratte ?

Nous sommes « en visio » – c'est-à-dire que l'on se voit pendant que l'on s'appelle et je me dis que bientôt, il faudra s'habiller et se maquiller pour passer un coup de fil –, en visio parce que mon petit-fils a attrapé la varicelle et que Nadine et Fergus ont préféré annuler la semaine qu'ils devaient passer avec nous. Ils restent à Londres. Je suis terriblement déçue, bien sûr, mais le progrès me permet de voir mon gendre, mon petit-fils surtout, le visage couvert de petits confettis rouges, petits cernes, petite mine, *Hi, grammy*, chuchote-t-il de sa petite voix. *Hi, Oliver, don't gratte, don't gratte*, lui dis-je en mimant ce qu'il ne doit pas faire. Il me regarde comme si j'étais une demeurée totale et retourne à ses jouets, tandis que Fergus me rassure, Il est sous antibios, *beautiful maman*[1], dans huit jours ça devrait être terminé. Fais attention quand même à ce qu'il ne se gratte pas. Mon gendre me sourit, de ce genre de sourire qu'on adresse à la même demeurée totale, mais que voulez-vous, je suis une grand-mère gâteau, *muffin*, *pancake*, *brownie* et *treacle tart*.

Puis nous échangeons quelques nouvelles. Moi, de papa, de Romain (je passe évidemment sous silence son *affaire* avec Mado). Lui, de Nadine. D'ailleurs, elle ne va pas tarder à rentrer, dit-il, et je crois qu'elle a une bonne nouvelle pour vous, *beautiful maman*. Mon cœur s'emballe. Euh… vous attendez… un autre bébé ? Fergus rit et je m'aperçois que je n'avais jamais réalisé à quel point pouvait s'ouvrir grand sa bouche, *No, no, not a baby, a movie !* Oh, un film. Je suis un peu déçue, mais n'en laisse rien paraître. C'est bien, dis-je, elle doit être contente. Et vous aussi, vous verrez, précise-t-il, mystérieux. Du bruit. Tiens, la voilà ! *Nadine, it's your mum !* Et un bout du visage de ma fille apparaît sur l'écran de mon téléphone, bref baiser à Fergus. Bonjour, maman, tu as vu Oliver, le pauvre, on dirait un bébé dalmatien à taches rouges, heureusement que Fergus

1. Que j'ai la prudence de traduire par *belle-mère* et non pas par *vous êtes belle, maman*.

est un infirmier parfait. *A perfect nurse, Fergus.* Elle ôte son manteau, puis s'assied enfin confortablement face au téléphone. Je voulais te l'annoncer à Arras, dit-elle, mais comme on ne vient pas, je le fais par téléphone. Ce n'est pas un nouveau bébé, je sais. Elle sourit. Pas au sens de bébé-bébé, me reprend-elle, mais un bébé quand même. C'est mon prochain film. Là, je reviens d'une nouvelle réunion avec mon producteur, et ça y est, il est d'accord. D'accord ? Sur tout. Le sujet. Le synopsis que je lui ai donné. C'est formidable ! Tu dois être excitée. Tu ne veux pas connaître le sujet, maman ? Oui, si, bien sûr, mais je ne voudrais pas être indiscrète non plus, peut-être que c'est encore secret, je ne sais pas, c'est un monde que je ne connais pas. C'est toi, lâche-t-elle, radieuse. Quoi, c'est moi ? Le sujet du film. C'est toi. C'est ton histoire.

Il me semble que tout mon sang, comme une cascade, vient de tomber sur mes chaussures.

Nadine sent, devine, voit mon trouble parce qu'elle ajoute d'une voix douce, Quelque chose de très beau, maman, de très humain, presque fragile, un peu d'*Alabama Monroe*, un peu des frères Dardenne, de Stephen Daldry. Je ne sais pas de quoi tu parles, Nadine. Je ne comprends pas très bien. On ne fait pas un film sur le chagrin. Sur une histoire d'amour qui finit mal. Sur un pardon qui n'est pas venu. Les gens veulent des *happy ends*. Des *feel-good*. Ils ont envie de bonheur, envie de rire ; de choses faciles, qui estompent la brumaille. Ton histoire estompe la brumaille, maman, elle fera du bien aux gens. Mais j'ai souffert, Nadine. C'est intime, la souffrance. C'est privé. Je sais, maman, il est aussi sur cela mon film. Cet intime-là, le mal qui nous est fait et notre force de femmes à ne pas en mourir. Je frotte mes yeux. Je souris mollement. Il ne va pas être très gai, ton film. Nadine a son joli rire. Il va être drôle et triste et il finira bien.

Ma fille est folle.

Thierry a été parfait.

Nous étions convenus qu'il croiserait Danièle (interprétée par Françoise) *par hasard*, au 19 – le bar du Best Western posé sur le golf d'Arras, endroit prétendument chic, un peu coincé pour moi, mais idéal pour une rencontre impromptue.

Ainsi, nous devions vérifier si Danièle (Danièle) était susceptible de plaire à Thierry, avant d'aller plus loin et de rendre heureuses deux âmes esseulées.

Danièle (Françoise) sirotait un mojito, moi un verre de saint-joseph, une « charmante petite violette », le qualifiait mon Vittorio Gassman ; nous étions joliment apprêtées, mais peu d'hommes nous regardaient en vérité, trop occupés qu'ils étaient à commenter leur parcours – un chip au green du quatre, un mauvais kick au huit, du chinois pour moi. Danièle (Françoise) était ravissante, le rhum rosissait ses joues et je pensais à maman qui appelait cela *un effet joues pincées*. Le maquillage n'est pas le plus important,

Jo, m'enseignait-elle, mais ça, ce sang qui colore tes pommettes, c'est ce qui troublera le plus un garçon. Je devais les avoir bien écarlates à vingt ans lorsque j'avais rencontré Jo au tabac des Arcades et qu'il avait pour la première fois posé sa main moite sur la mienne, avant qu'elle ne cueille mon cœur comme un bouquet.

Ne te retourne pas, ai-je soudain chuchoté à Danièle (Françoise), il est là. J'ai levé mon bras, agité la main, Thierry m'a aussitôt répondu d'un grand sourire, s'est approché de notre table. Oh Jo, quelle surprise ! Tu joues au golf maintenant ? Il était parfait. Délicieux. Thierry, je te présente Danièle, Danièle, Thierry, enchantée, enchanté, et les voilà qui rougissent brièvement tous les deux en se serrant curieusement la main, comme si une petite décharge électrique avait vrillé leurs paumes. Tu as rendez-vous ? ai-je demandé. Peut-être as-tu le temps de prendre un verre avec nous ? L'idée était qu'il réponde non, bien sûr, il ne fallait pas qu'il parle trop à Danièle (Françoise), de peur, s'il rencontrait Danièle (Danièle), que surgissent des petits hiatus. C'est gentil, Jo, m'a-t-il répondu en contemplant mon amie, mais j'ai une partie qui commence et – rapide coup d'œil à sa montre – je suis déjà en retard. Une autre fois, alors ? a soudain minaudé Danièle (Françoise), et Thierry a posé sa main sur son cœur, s'est exclamé, Oh oui, avec plaisir, c'est promis ! et ses mots se sont un peu bousculés dans sa gorge. Plus tard, il m'avouera qu'il s'était senti grotesque à ce moment-là, un cliché d'ado boutonneux bégayant face à une jolie fille, tu te rends compte, Jo ? Mais je m'étais surtout rendu compte que Danièle (Françoise) lui avait bien plu et qu'il avait déjà hâte de la revoir, et plutôt sans moi.

Puis Thierry s'est éloigné vers les vestiaires, nous nous sommes rassises, Danièle (Françoise) a fini son mojito d'un trait, reposé le verre vide un peu brusquement sur la table. Oh là là, a-t-elle lâché, quel, quel, oh je ne trouve plus mes mots, quel gars, quelle prestance, et sa peau, Jo, la qualité de sa peau, quel homme, tu n'as pas besoin de me poser la question, c'est oui, oui, il me plaît, cent fois oui, j'ai déjà hâte de le revoir, et c'est joli Thierry comme prénom, c'est doux, c'est caressant, oh ! quelle rencontre, un choc, ça me donne envie de chanter du Cabrel, merci, Jo, on reprend un verre ?

J'ai fait signe au serveur de nous apporter la même chose, avec des chips cette fois, du pâté, n'importe quoi, pour absorber un peu l'alcool. Le visage et même le cou de Danièle (Françoise) étaient maintenant grenadine, elle s'est éventée avec les mains. Il fait chaud, tu ne trouves pas, Jo ? Très chaud, Danièle (Françoise), mais tu dois garder à l'esprit que Thierry n'est pas pour toi. Toi tu as Christian. Tu aimes Christian. Tu es comme mariée avec Christian. C'est pour ta sœur qu'on est là, tu te souviens ? Pour lui trouver quelqu'un. Oui, m'a-t-elle répondu d'un ton désenchanté, mais,

mais tu ne crois pas qu'on pourrait essayer de la convaincre de retourner auprès de Christian et que ce soit moi qui parte ? Le serveur a posé nos boissons sur la table, ainsi qu'une assiette de charcuterie. Ça serait plus simple, a-t-elle poursuivi, pas de frais de divorce, pas de chagrin, de partage de meubles, pas besoin de m'appeler Danièle, et moi je n'aurais pas à supporter les cris de bête de Christian. Elle a bu une longue gorgée, poussé un long soupir. Quelle histoire, ma Jo, quelle histoire. On veut toujours ce qu'on n'a pas, c'est horrible.

Plus tard, dans le taxi qui nous ramenait en ville, un *ok ?* s'afficha sur mon écran de téléphone, et ces deux petites lettres, même si elles étaient envoyées par un splendide filou, furent soudain tellement belles, tellement prometteuses, que j'eus envie de pleurer.

Bien sûr que j'étais effondrée après mon rendez-vous avec l'inspecteur principal Monnet.

Mes rêves de partage tombaient à l'eau, sauf à accepter de perdre 60 %, mais ces 60 % représentaient 9 millions d'euros, et ces 9 millions avaient bien mieux à faire qu'entretenir un ancien président de la République[1], par exemple, payer un salaire mirobolant au coiffeur de François Hollande[2] ou compenser l'exonération d'impôt sur les bénéfices issus de la culture d'arbres truffiers[3].

Petit à petit une idée germait en moi. Quelque chose

---

1. Précisément : Giscard d'Estaing, 3,9 millions par an ; Sarkozy, 3,3 millions par an ; Chirac, 2,4 millions par an.

2. Il s'agit d'Olivier Benhamou qui, pour coiffer le président Hollande, lequel n'a pas franchement sur le crâne la densité capillaire d'un Novak Djokovic, aura perçu un salaire brut de 9 895 euros/mois, soit 593 700 euros sur la durée du quinquennat.

3. Niche fiscale en vigueur depuis 2006.

auquel même l'horrible Monnet n'aurait rien à redire. J'allais demander à Mado et Romain de m'aider. Ils auraient à voyager un peu, passeraient davantage de temps ensemble loin de la mercerie que je n'ouvrirais désormais plus que l'après-midi, puis que je finirais sans doute par fermer un de ces quatre, parce que les esclavagistes d'enfants du bout du monde auront fini par gagner et qu'avec toute la meilleure volonté du monde, je ne pourrai jamais parvenir à vendre une robe 9,39 euros, livraison incluse, ni payer Mado, ou une autre employée, *seulement* 3 600 kyats par jour (soit environ 2,50 euros, c'est-à-dire 31 centimes de l'heure). Il faut tellement de malheureux pour avoir l'impression d'être heureux.

*Dépense numéro 10 – 320 000 euros*

Le téléphone a sonné, mon cœur a vibré. Un instant, j'ai espéré que ce soit Hubert, car malgré le poison du doute instillé en moi par Fanny à son sujet (était-il un aigrefin ? un malfaiteur ? un dépouilleur de veuves ?), je conservais à son endroit une importante tendresse – oh, et puis je le dis, de l'*envie.*

Il y avait longtemps qu'un homme ne m'avait pas regardée ainsi, de ce regard qui nous fait nous sentir vivantes, vaincues et triomphantes à la fois, capable de nous brûler là où il se pose et de nous apaiser la seconde d'après. Son sourire, lorsqu'il me l'adressait, me faisait presque mal, de ce mal qui nous fait tant de bien, à nous les femmes, parce qu'il nous rappelle, quoi qu'on en dise, que nous serons toujours des déesses, des terres à conquérir et, surtout, des défaites pour les arrogants.

C'était Fanny.

Sa voix était essoufflée, son excitation palpable. Ça y est ! Ça y est ! criait-elle presque, on a eu l'accord pour l'essai clinique de Nathan à Montréal ! On peut commencer dès la semaine prochaine. Ah, Jo, tu n'as pas idée à quel point je suis heureuse, à quel point on est tous heureux, ici, c'est extraordinaire ! Il me semble qu'on revit, enfin, revivre c'est un peu fort, disons qu'on a retrouvé ce qui nous manquait le plus, l'espérance. Et c'est à toi que je voulais l'annoncer en premier, Jo, parce que je connais tes malheurs, ta petite Nadège qui n'a pas vécu, je sais que tu comprends tout ça, et aussi parce que tu as toujours été là pour moi, à me soutenir, à être comme une grande sœur. Ah, Jo, un jour comme ça on a l'impression qu'il est le plus beau de notre vie !

Je ne sais pas pourquoi, mais je n'ai pas alimenté son exaltation, j'ai au contraire tout de suite été pratique. Mon côté maman – *mamma*, même. Les grandes émotions demandent également une certaine organisation. Vous partez quand ? ai-je demandé. Elle a hésité avant de répondre. C'est compliqué, parce que moi j'ai un passeport mais ma sœur non, ce qui veut dire que c'est moi qui vais peut-être y aller, installer le petit à Sainte-Justine, et puis trouver un logement, m'organiser, parce que l'essai va durer au minimum six mois, toutes ces choses quoi. Je l'ai interrompue, Je vais t'aider. Jo ! a-t-elle protesté. Je t'ai dit que je t'aiderai, je t'aide. Et je précise que c'est pour Nathan que je le fais, depuis que tu m'as montré sa photo, avec son petit bonnet à oreilles, son petit sourire triste, j'ai décidé d'aider cet enfant, c'est tout. Tu n'as pas à dire non. Et puis j'ai une bonne nouvelle. Enfin, bonne nouvelle, c'est relatif. J'ai été convoquée aux impôts et j'ai appris que je pouvais donner de l'argent à quelqu'un, je veux dire quelqu'un qui ne soit pas de ma famille, sans impôt pour lui. Par une cagnotte. J'ai entendu Fanny étouffer une exclamation. Ça ne va pas, Fanny ? Si, si, mais c'est incroyable, Jo, comme quoi quand on dit que les grands esprits se rencontrent, ce n'est pas de la tarte, figure-toi que c'est ce que j'ai fait ce matin. J'ai ouvert une cagnotte en ligne pour Nathan, ça s'appelle *Aidez Nathan à transformer l'essai clinique !* Oh, Jo, c'est incroyable ! Incroyable. C'est à ce moment-là que l'émotion a repris le dessus et que j'ai commencé à pleurer un peu, mais c'étaient des larmes joyeuses, des larmes d'espoir. Je suis si heureuse pour toi, Fanny, pour ton neveu, toute ta famille, et je suis contente de pouvoir vous aider. Je sais maintenant que c'est pour ça que j'ai gagné tout cet argent il y a trois ans, pour embellir un peu le monde.

Et puis j'ai raccroché après lui avoir dit que je la laissais à ses préparatifs et que j'allais virer 320 000 euros sur la cagnotte de Nathan.

J'ai cru qu'elle allait s'évanouir.

– En fait je me suis rendue à Lille cette fois, ça m'évitait le train de Paris, toujours bondé, avec les petits banquiers, là, petits croque-morts qui tapotent sur leur clavier d'ordinateur, ça fait des bruits de souris, on est en première quand même, c'est insupportable ! Quarante minutes de voyage, ils ne peuvent pas lire un livre ? Non, il faut qu'ils soient sur leurs ordinateurs.

– Brigitte, soupire le modérateur.

– Tout ça pour dire que j'ai finalement reçu mon Birkin, avec quinze jours de retard, merci Internet, mais que la sanguine mat, à la lumière du jour, c'était plutôt sanguinolent, vous voyez ce que je veux dire, plutôt rouge cervelle explosée. On aurait dit que je tenais une carcasse de chat dépecé (coup d'œil noir du modérateur), oui, oui, j'y viens. Donc je suis allée chez Hermès, à Lille, rue de la Grande-Chaussée, plutôt qu'à Paris, je viens de vous le dire, pour leur demander s'ils pouvaient me refaire la teinture du sac, ou en tout cas quelque chose pour changer la couleur, revenir à la vraie sanguine. Eh bien, savez-vous ce que m'a dit le vendeur ? C'est un faux. Un faux !? Un faux, madame, tout ce qu'il y a de plus faux, comme les cheveux de Sean Connery. Sean Connery ! je me suis exclamée, c'est pas ses vrais cheveux ? J'étais comme assommée, moi qui le trouve si beau. Quelle déception ! Toujours est-il qu'on n'était pas là pour parler de Sean Connery mais de mon sac, et je me suis un peu énervée. Mais je l'ai acheté 45 000 euros, ce n'est pas le prix d'un faux, ça, 45 000 euros ! Oh non, madame, m'a répondu le vendeur, c'est 180 au marché du Vieux-Lille, 240 grand maximum. (Brigitte nous regarde, un par un, elle est au bord des larmes.) Un faux. Un faux, vous vous rendez compte ! Ce que les gens sont méchants. Terriblement méchants. Je suis prête à payer 45 000 euros pour un sac, de quoi faire vivre toute une famille pendant un an, et voilà ce que je reçois. Un faux. (Elle pleure et pour la première fois elle est vraiment touchante.) C'est très dur. Gagner au Loto, ça rend fou. Ça rend fous les autres. (Applaudissements.) C'est tout.

– Merci, Brigitte. Je vois que Fanny et Hubert ne sont pas là cette semaine. Quelqu'un voudrait-il prendre la parole ? Oui ? Thierry ?

– Juste pour dire que de mon côté ça va plutôt bien en ce moment (applaudissements). Grâce à Jo, j'ai rencontré quelqu'un (applaudissements), une femme (applaudissements, il rougit), qui s'appelle Danièle, que j'ai hâte de revoir (applaudissements), et avec laquelle, cette fois, j'espère trouver (il cherche le mot) la *sincérité*. (Applaudissements.)

– Et l'amour ? espère Isabelle.

– Et l'amour, confirme Thierry, pivoine.

– Merci, Thierry. Quelqu'un d'autre ?

– Moi, je veux bien.

– On vous écoute, Pascale.

– C'est Alain. Alain et moi, je veux dire. On a fini par se séparer.

Brigitte lève les yeux au ciel.

– Tout ça pour une voiture de plouc !

– Brigitte ! Je vous rappelle, encore une fois, qu'on ne coupe ni ne commente la parole de l'autre.

– Non, non, reprend Pascale, elle a raison. (Elle baisse la tête un bref instant.) Cette voiture de plouc, comme l'appelle Brigitte, m'a appris que j'avais peur. Peur qu'Alain ne voie plus que ses désirs à lui et plus jamais les miens, car enfin, je gagne de l'argent et la première chose à laquelle il pense, c'est d'acheter quelque chose pour lui. (Elle s'interrompt un instant, ravale un sanglot.) J'ai également eu peur de manquer, soudain, et je m'aperçois que le manque, c'est une peur qui vient avec l'argent. Jusqu'ici, ça ne m'avait jamais effleurée. J'ai eu peur, parce que depuis mon licenciement de Paradizoo, j'ai l'impression de n'être plus rien socialement. Juste une ombre. Un fantôme. Et je m'étais dit que ces deux millions allaient me redonner de la valeur. De l'importance. Que j'allais représenter à nouveau quelque chose. Au moins exister à travers lui. L'argent, ça vous pose, quand même. Regardez les Bettencourt, les Arnault, les Bolloré. Avec de l'argent, on devient une espérance pour les autres. Grâce à lui, j'allais redevenir quelqu'un. (Isabelle, assise à côté d'elle, lui tend la boîte de Kleenex.) Alors oui, quand Alain m'a parlé d'acheter sa voiture de plouc…

– Avec un gyrophare, l'interrompt Brigitte.

– Avec un gyrophare, répète Pascale dans un rire noyé de larmes, j'ai tout vu s'effondrer.

Elle reste un instant silencieuse. Se mouche.

– Je veux dire, reprend Pascale, qu'au moment même où il a parlé de sa satanée voiture, je me suis rendu compte qu'on faisait route à part depuis longtemps. (Elle se mouche de nouveau.) Toujours est-il qu'il a retrouvé quelqu'un tout de suite. Vous imaginez ? On se quitte le lundi, le samedi il est avec une vendeuse de chez Méert, à Lille, je crois savoir qui, d'ailleurs, elle nous servait toujours quand on y allait et Alain la regardait comme normalement on regarde les desserts, pas les femmes, et c'est d'autant plus étonnant qu'Alain c'est pas Delon.

Isabelle s'est penchée et lui a pris la main. Pierre, à sa gauche, a posé délicatement la sienne sur son épaule.

– Je rêvais qu'Alain change, poursuit-elle, qu'il cesse de voir le monde avec son nombril. Cet argent, au lieu de nous lier, nous a déliés. (Elle rit, un rire de fausset.) Quel cliché tout de même : *elle gagne deux millions, refuse de lui acheter une Mégane TCe 130, son mari la quitte !* Moi, j'ai essayé que ça se passe bien, cherché tout de suite à me reconstruire, je me suis mise au hatha yoga, au quinoa et aux graines de lin. Faut le digérer, cet argent.

Le groupe reste silencieux quelques secondes. Pascale renifle doucement et lâche un dernier sanglot, étonnamment suivi d'un rire clair, aérien, presque un chant.

Puis elle se tourne vers moi et me demande :

– Tu n'aurais pas non plus quelqu'un à me faire rencontrer, Jo, maintenant que tu as déjà, malheureusement pour moi, fiancé Thierry ?

(Applaudissements joyeux.)

– Fiancé, fiancé, roucoule Thierry, pas encore, pas encore.

L'émotion retombe lentement, comme des cendres.

– Un dernier témoignage ? hasarde le modérateur.

– Oui.

– Alors c'est à vous, Raoul.

Il est assis, penché en avant, les coudes appuyés sur ses genoux, la tête dans les mains.

– Je suis triste.

Je sais désormais que l'expression « entendre une

mouche voler » a été inventée pour cette seconde précise.

– C'est tout ce que je voulais dire, conclut-il dans un murmure.

Deux secondes de vide.

– C'est le moment de nous égayer tous ! lance alors le modérateur en se levant avec une énergie surjouée. Je déclare l'apéritif ouvert !

(Applaudissements fournis.)

J'aime ces réunions. Cet immense petit théâtre de la vie. Si j'osais, j'en ferais un livre.

Tous les membres des Gagnants Anonymes se sont levés. Julie[1] prend le bras de Raoul, cherche à le consoler, lui demande s'il s'est finalement mis au piano, aux fameuses *Gnossiennes* de Satie qu'il aime tant, et il sourit pour la première fois de la soirée, la première fois peut-être de la semaine.

Voici le temps de la détente, de la bamboche et des rires autour de l'abondant buffet.

Je reste assise.

Seule.

Je regarde l'emplacement où s'installait Hubert et mon cœur s'empoigne de son absence.

Son sourire me manque.

Un coup de couteau, ce sourire – mon sang qui gicle, chaud, confortable.

---

1. Julie, pour rappel : 997 804,22 euros au Loto.

L'envie de crier à nouveau.

D'être touchée.

De renouer avec l'amour.

Si j'avais fini par entièrement aimer Jo, je m'étais juste, plus tard, laissé aimer de Vittorio. Et puis il était parti parce que je ne brûlais pas sous ses doigts, parce qu'un homme ne supporte pas de n'être qu'une tendresse, ne comprend pas que c'est l'amour qui fait jouir, et j'étais restée seule, longtemps seule dans le temps de la flamboyance du corps des femmes. Ma cinquantaine était arrivée, belle, ferme encore et douce à la fois, mon grain de peau, serré et régulier, mon odeur poudrée et, entre mes cuisses, mes effluences capiteuses et gourmandes.

Mon désir était revenu.

Et puis Thierry s'est approché, un verre de vin dans chaque main. Il s'est assis à côté de moi. Tiens, Jo, goûte, c'est une merveille dénichée par Sébastien. Nous trinquons. En effet, la merveille est une merveille. Dis-moi, Jo, chuchote-t-il, pourrais-tu me donner le numéro de Danièle ?

Je me souviens d'avant.

Quand je n'avais pas gagné.

Quand ces dix-huit millions cinq cent quarante-sept mille trois cent un euros et vingt-huit centimes n'étaient pas venus dérégler nos vies.

Comme je l'aimais, notre vie d'avant.

Elle était sincère et belle, elle nous ressemblait, à Jo et à moi. On n'avait pas eu besoin de plus d'argent jusqu'ici, on avait toujours mangé à notre faim, chaudement vêtu les enfants l'hiver, on était régulièrement partis en vacances, oh, pas à l'autre bout du monde, même si Maurice ou les Marquises, à cause de Jacques Brel, nous auraient bien tentés, mais on allait au Touquet, à Hardelot, à Coxyde et à La Panne en Belgique, une fois à Mariakerke-Bad, où je m'étais recueillie sur la tombe de James Ensor, l'un des peintres qu'adorait maman. On avait une maison accueillante, tu avais un bon métier à l'usine de glaces, la mercerie commençait à bien marcher et surtout, Jo, on avait des amis, des amis qui nous aimaient pour qui nous étions, pas des profiteurs ni des détrousseurs.

Le bonheur, mon Jo, ce n'était pas nos rêves. Il faut que les rêves restent des rêves, sinon on s'ennuie, on ne tremble plus, on ne risque plus rien, et c'est justement le risque qui maintient en vie. C'est l'audace. Les joyeuses incertitudes. Le bonheur, c'étaient les petites choses de chaque jour, trouver la tringle de douche parfaite pour notre salle de bains, un nouveau manteau peut-être, essayer de mieux manger, dénicher des plants de rosiers anciens pour le jardin – te souviens-tu que j'avais cherché des *Joséphine de Beauharnais*, j'en aimais la générosité, le parfum délicat, les quartiers moussus, les pétales rose tendre argenté, innombrables, je les avais plantés à l'ouest, devant la fenêtre de notre chambre –, et chaque matin de printemps et d'automne, quand ils fleurissaient, la première chose que tu faisais en te levant, c'était sourire. Il était sans prix, ce sourire.

J'aimais aussi qu'on puisse ne pas acheter quelque chose parce que c'était trop cher, ou pas le bon moment, ou pas si utile que ça. Ça a été le cas pour un Magimix Cook Expert et une chocolatière en faïence de Delft, et ça ne m'a jamais manqué.

Je me souviens de ma légèreté d'alors. Avant l'argent. Avant l'orage.

Je n'avais pas peur parce que je n'attendais rien d'autre que ce que nous avions, je continuais à désirer et aimer ce que nous possédions, et ce qui allait arriver, comme mes premières rides, mes premiers cheveux blancs, toutes mes petites frayeurs, tu les aurais trouvés, *euh, pas dégueu* – pour les formules qui retournent le cœur des filles, tu n'étais pas vraiment un champion, mais leur brutalité avait parfois son petit pesant de poésie.

Tu parlais mieux avec les yeux.

Maintenant que l'orage est passé, que je me retrouve avec de l'argent dont je n'ai pas besoin mais qui a bouleversé nos vies, jusqu'à prendre la tienne, Jo, je vais essayer de retrouver ce que j'ai perdu.

La légèreté et l'amour.

Danièle (Françoise) a profité que Danièle (Danièle) était occupée à un défrisage à froid (30 min) suivi d'une couleur platine (90 min) sur Mme Masumbuku, une *excellente* cliente, toujours un mot *aimable*, pourboires *conséquents*, pour me rejoindre à la mercerie en catimini et me rapporter la rencontre qu'elle avait organisée la veille entre sa sœur et Thierry, un *admirateur secret*, tu verras. Il est beau ? Beau, c'est faible, Danièle.

Mais ça a mal démarré, a-t-elle précisé, parce que Thierry avait choisi de retourner au 19, le bar du Best Western sur le golf, et de lui faire le coup du Quelle joie de vous revoir ! et ma jumelle a été assez stupéfaite parce qu'elle ne l'avait jamais vu, forcément, mais comme elle l'a trouvé – et c'est là la très bonne nouvelle, Jo – tout à fait à son goût, ceci dit il faudrait être difficile pour ne pas le trouver à son goût, elle l'a joué charmeuse, tu la connais, fatale, un brin délurée, elle lui a répondu du tac au tac, Ah tiens, j'étais déjà dans vos rêves ! Et ça l'a fait rire sa réplique, et elle aussi, et c'est leurs rires qui les ont tout de suite rapprochés, si tu vois ce que je veux dire, comme une langue personnelle, un langage rien qu'à eux, comme les sourds, mais eux c'était le rire, et ça me fait penser d'ailleurs que je ne ris pas tant que ça avec Christian, mais bon, ce n'est pas le sujet. Donc. Le rendez-vous s'est très bien passé, même mieux que bien, m'a dit ma sœur, parce que après une petite heure de conversation, s'être trouvé des goûts en commun, des films – ils raffolent tous les deux de *Minuit à Paris*, ne me demande pas ce que c'est –, ils ont fini par prendre une chambre avec vue sur le golf, petite terrasse, corbeille de fruits, tu vois le genre, et là je te demande de me croire, ma Jo, parce qu'elle était toute rouge quand elle me l'a raconté, et comme elle n'est pas du genre bégueule du côté de *la chose*, au contraire, et que si elle était aussi écarlate c'est que c'est vrai, elle m'a confié avoir été toute *remuée*. Mais vraiment. Et, Christian pourra te le confirmer, il faut plutôt beaucoup la remuer pour qu'il se passe quelque chose. Bref. Elle m'a confessé que ça avait été un feu d'artifice. Les Grandes Eaux de Versailles. La Walkyrie. Mieux que le velu de L'Oréal. Mieux même que deux velus de L'Oréal en même temps – *en même temps*, Jo, c'est te dire. Oh là là là. Et gentil avec ça, ton Thierry. On sent l'enfance douloureuse derrière tout ça, elle m'a dit, la peur du vide. Il n'y a que Néchin qui ne la fait pas rêver. Ça fait crachin, machin, briochin. Le petit village belge, boueux, pas sûr que ce soit un bon point pour lui. Elle ne se voit pas vivre au milieu des frites et des vaches. Mais elle pense que ça peut se discuter. Ceci dit, mais tu t'en doutais, elle apprécie *énormément* le côté héritage, grande famille, tradition, argenterie, à l'abri du besoin, tout ça. Et même Thierry, elle trouve que c'est un joli prénom, un prénom riant. En plus il est Cancer, elle est Poissons, enfin, nous sommes toutes les deux Poissons, donc bingo ! Mon amie s'est interrompue pour reprendre son souffle, avant de poursuivre, En tout cas, voilà notre Danièle en bonnes mains – oh, s'est-elle exclamée en rougissant, je ne voulais pas faire de jeu de mots, Jo ! – puis elle m'a précisé que, pas plus tard que tout à l'heure, sa jumelle lui avait affirmé ceci : il y a des types, on sait que c'est eux, c'est animal, c'est comme ça. Donc, je voulais te remercier, Jo. Te remercier de tout mon cœur. Grâce à toi elle est heureuse. Pour la première fois. Elle dit qu'elle a enfin tiré le bon numéro.

Danièle (Françoise) a jeté un œil à sa montre. Oh ! déjà, comme je suis bavarde ! Faut que j'y retourne, ma Jo, Mme Masumbuku va avoir fini. On ne s'est pas vues. Je ne t'ai rien dit. Bise, bise.

Je souriais longtemps encore après qu'elle était retournée à son salon un peu plus haut dans la rue ; j'avais de la musique dans la tête, un peu de Joe Dassin, un peu de Francis Lai, et, dans le tourbillon des notes ensorceleuses, j'ai répondu par un *ok* au *ok ?* de Hubert, suivi d'un nouveau *ok ?*, et je me suis aussitôt trouvée délicieusement tourte – j'avais de nouveau seize ans, j'avais chaud, un moineau dans le ventre qui me picorait, et c'était bien.

Et tant pis s'il était un filou, après tout, les voyous aussi font rêver.

Romain et Mado étaient partis pour moi en repérage dans les Ardennes, dont on m'avait un jour tant donné envie avec ses forêts magiques et ses coteaux qui ressemblent à des océans verts ; alors, seule dans la mercerie à attendre des clientes qui ne venaient plus, je me suis occupée à répondre à celles qui m'écrivaient encore sur *dixdoigtsdor*, me demandaient des conseils de couture, parfois des choses plus personnelles – Oh, vous qui avez vécu tout ça, Jo, vous qui avez eu tant de chagrins et tant de joies, comment recoudre mon couple, comment retisser des liens avec mon mari, je suis perdue. Alors je brodais des confidences de femme, à mon tour je rêvais, à mon tour je tremblais.

Et puis lentement le jour a décliné et, comme les autres commerçants de la rue, j'ai fermé boutique. Les jumelles avaient déjà baissé leur rideau de fer, s'étaient déjà envolées vers leurs hommes.

J'ai rejoint la rue du Marché-au-Filé pour rentrer à la maison, retrouver papa, lui raconter qu'il avait été un inoubliable prince Siegfried dans une chorégraphie de Maillot, que j'avais découverte sur Internet plus tôt dans la journée, et que c'est à l'issue d'une représentation à Monte-Carlo qu'il avait rencontré maman, elle t'avait offert du champagne, papa, elle avait dit voici des bulles aussi légères que vous, et ils t'avaient conquis ces mots-là ; puis la rue Méaulens, et c'est alors que j'ai senti que quelqu'un marchait à ma hauteur, et surtout à mon rythme, sur le trottoir d'en face, et mon cœur s'est emballé.

J'ai ralenti, il a ralenti.

Accéléré, il a accéléré.

Je me suis arrêtée au niveau de la pharmacie de l'Abbaye. Dans le reflet de la vitrine, j'ai arrangé mon col et je l'ai vu faire de même de son côté, dans le reflet du pare-brise d'une automobile stationnée.

J'ai repris ma déambulation.

Lui aussi.

Mais voilà que quelques dizaines de mètres plus haut, sur son trottoir, il s'arrête soudain et, curieusement, je fais de même.

De mon côté, je me trouve alors précisément face à la petite boutique D'une fleur à l'autre et la fleuriste apparaît opportunément, me demande dans un sourire si je suis bien Jo et je suis tellement surprise que je manque de dire non, Euh oui, oui, balbutié-je, je suis Jo, Jocelyne, en vérité, Jocelyne Guerbette. Alors elle me tend un gros bouquet, C'est pour vous, dit-elle, et je découvre une magnifique brassée de cyclamens et de camélias, un remarquable patchwork de blancs et de roses et c'est le rose qui me monte aussitôt aux joues, Je ne comprends pas, lancé-je, ça doit être une erreur. Je crois qu'il y a un petit mot dedans, m'explique-t-elle, et je tourne la tête vers le trottoir d'en face mais bien sûr, il n'y a plus personne.

Je suis rentrée avec mes fleurs dans les bras et, à cause de la façon dont je les tenais, m'est revenue cette image de moi, vingt-six ans plus tôt, lorsque je suis rentrée de la maternité avec Romain dans mes bras. Mon premier bébé. Si léger et si lourd à la fois. Jo avait soudain été partout, il me semblait qu'il était quatre, cinq, tantôt là pour me tenir la porte, tantôt ici pour couvrir de sa main l'angle d'une table, là pour m'aider à me débarrasser de mon manteau, ici pour défaire la petite valise, là pour caresser ma joue, me dire que j'étais belle, et précieuse, et me remercier de faire de lui l'homme le plus heureux du monde.

Mais le bonheur des hommes est de courte durée.

Papa était assis dans le salon ; les yeux mi-clos, il écoutait le merveilleux *Stabat Mater* de Vivaldi et lorsqu'il m'a vue il a souri. C'est Jo qui t'a offert ces jolies fleurs, Jo ? Jo est mort, papa, il y a trois ans, il s'est laissé mourir sur un grand canapé de cuir blanc parce que je n'ai pas voulu lui pardonner. Son sourire s'est agrandi. Ah, oui, le paradoxe d'Easterlin, a-t-il lâché. Ton mari avait découvert que le bonheur n'augmentait pas proportionnellement à la richesse. Que le bonheur, c'était moi, papa, ai-je précisé, plus amère que je l'aurais souhaité, c'était notre famille. Vous m'avez apporté de la mousse à raser, mademoiselle ? Je n'en ai plus.

Après l'avoir installé dans sa chambre pour la nuit, je suis redescendue à la cuisine, j'ai mis les fleurs dans un vase, une poterie qu'avait faite et peinte maman, je me suis servi un verre de vin italien et j'ai enfin ouvert la petite enveloppe.

Les six mots d'Hubert sillonnèrent immédiatement mon cœur.

Ils étaient poésie et violence.

D'une lenteur affamée.

Je me sentis suffoquer parce que l'émotion peut parfois nous étouffer.

Je bus une première gorgée de vin. Puis une seconde.

Je relus les mots écrits pour moi.

Trois fois.

Dix fois.

Je me sens heureuse.

Je me sens désirée.

Je sais désormais qu'on peut dire oui sans dire un mot.

*Mes mains muettes voudraient vous parler.*

Alors, dans le silence de la cuisine, j'ai pleuré le froid et la pluie.

J'ai pleuré mes peurs anciennes.

J'ai vu les bras d'Hubert se refermer sur moi, comme des ailes, et ses mots ont été un vent tiède à mon oreille, ses mots de désir, ces mots que je n'avais pas recueillis depuis si longtemps et dont l'absence peut nous dessécher le cœur et pétrifier le sang.

Car les mots sont aussi une façon de faire l'amour et nous savons bien, nous les femmes, qu'il n'y a pas que la chair qui jouit.

Bien sûr, j'ai accepté l'invitation d'Hubert.

Rendez-vous le surlendemain – le temps de passer en revue toutes mes affaires, d'essayer toutes mes robes. Celle-ci, trop courte. Celle-là, trop mémère. Trop décolletée. Trop mercière. Finalement, j'ai choisi un ensemble tailleur. Chic. Sobre. Chemisier blanc. Cheveux lâchés, m'a conseillé Danièle (Françoise), venue à ma rescousse avec sa petite mallette de coiffure, un coiffé-décoiffé, ça compensera la rigueur de ton tailleur. Et je te fais une manucure aussi, aspect *nude*, ma Jo, avec un vernis ultra-blanc par-dessus, à l'extrémité des ongles, ça sera parfait. Tu as de jolies mains. Le vernis, parfois, ça prend trop de place, ça alourdit. Et puis, indécrottable pipelette, elle a embrayé sur Danièle (Danièle), heureuse comme jamais avec son Thierry, et sur elle-même, Ça va beaucoup mieux avec Christian, tu sais, à croire que le départ de ma sœur l'a calmé, il est doux, attentif, amoureux, je crois. Hier, il m'a demandé de l'accompagner à un dîner du Rotary, Je vous présente Danièle, mon épouse, *mon épouse*, Jo, c'est la première fois qu'on disait ça de moi, ça m'a fait frissonner, les gens étaient charmants, à table ils ont parlé d'une journée « Plantez des roses, sauvez des abeilles » et je n'ai pas tout à fait compris de quoi il retournait en fait, mais Christian, lui, avait l'air très content, il a même pris un digestif, et quand on est rentrés, il n'avait pas envie de dormir, mais alors pas du tout, si tu vois ce que je veux dire, ma Jo, et là, pas de cris de bête, au contraire, des mots doux, des petits râles, presque des couinements, il m'a même appelée Camille, dans un chuchotement, et je lui ai précisé que je n'étais pas Camille, mais Françoise, enfin, Danièle, Camille c'est le prénom de son assistante à la banque, et il m'a dit, Je sais, je sais, mais c'est plus doux à prononcer pendant l'amour, ça te convient mieux. Tu vois, il devient délicat.

Hubert m'attendait devant La Faisanderie, à l'angle de la rue Sainte-Croix et de la Grand-Place. Dès qu'il m'a vue, il s'est avancé vers moi, nous nous sommes étreints brièvement, puis il m'a demandé si le restaurant me convenait, si j'y étais déjà venue. Jamais. C'est un peu prétentieux, a-t-il précisé, sourire incertain. Cave voûtée, lumières tamisées, on y croise parfois quelques messieurs avec des femmes de l'âge de leurs filles, mais c'est le meilleur poisson de la ville. Oh ! vous n'aimez peut-être pas le poisson, Jocelyne. Il y a un excellent magret aussi. Et du ris de veau, a-t-il balbutié, et j'ai ri. Mais on peut aussi ne pas manger, juste marcher.

Lui aussi avait quinze ans ce soir-là.

Le filet de turbot fond dans la bouche. Le meursault est magnifique. Une robe or vert, avec des reflets de bronze poli. Riche et gras au palais. Des saveurs de noisette friande et joyeuse. Des registres de soie.

Je regarde ses mains muettes et si bavardes à la fois et je pense que tôt ou tard elles découvriront ma peau, mon corps, connaîtront ses défauts, le barbelé de la césarienne de Romain, ma tache de naissance sur le sein droit, d'autres petites lâchetés encore, j'ai peur soudain, et il sent aussitôt mon trouble.

– Quelque chose ne va pas, Jo ?

Je souris.

– Fanny m'a mise en garde contre vous.

Il sourit à son tour. Son sourire indécent.

– C'est bien ce que j'ai pensé, dit-il en reposant ses couverts.

Puis il attrape son verre de vin, en savoure une gorgée, avant de se tamponner les lèvres avec la serviette, et chacun de ses gestes est beau, délicat.

– Je ne sais pas pourquoi, poursuit-il, mais à l'instant où elle est arrivée à nos réunions, j'ai ressenti quelque chose de curieux à propos de Fanny, comme elle l'a probablement éprouvé elle-même à mon sujet.

Ses doigts jouent quelques secondes avec des miettes de pain.

– Avez-vous de ses nouvelles, Jo ?

– Je lui ai laissé plusieurs messages. Mais elle est très occupée par les préparatifs de son départ pour le Canada, avec son petit neveu.

– Son petit neveu. Et vous l'avez rencontré son petit neveu ?

– Non. Il n'y avait pas de raison que.

Je me tais soudain.

– Elle m'a montré une photo.

Je souris au souvenir du petit bonnet à oreilles.

– Il portait même un petit bonnet à oreilles.

– C'était une photo sur son téléphone ?

– Oui.

Il sort son portable de sa poche.

– Excusez-moi, lâche-t-il, c'est assez impoli, je sais. Quel âge, le petit neveu ?

– Hubert, je ne comprends pas, c'est…

– Trois, quatre ans ?

Ses doigts s'animent rapidement sur l'écran.

– Je tape, dit-il comme pour lui-même, *enfant, mignon, cancer, trois ans, bonnet à oreilles.*

Puis il me tend l'appareil. Sur la page Google, il y a plusieurs photos d'enfants cancéreux, mignons, trois ans, un seul avec un petit bonnet à oreilles. C'est la photo que m'a montrée Fanny.

Je porte la main à ma bouche pour étouffer un cri.

Le téléphone de Fanny sonne dans le vide. Il n'y a aucune Fanny, Fanette, Annie au chemin des Augustines. La cagnotte *Aidez Nathan à transformer l'essai clinique* a disparu. Tout comme mes 320 000 euros.

– Il n'y a pas de petit neveu, Jo, pas de petit neveu atteint d'un médulloblastome. Il n'y a pas d'essai clinique à Montréal. Il n'y a qu'une escroqueuse qui s'est attiré vos bonnes grâces et qui a disparu avec votre argent.

Je suis livide et je tremble.

Hubert prend mes mains dans les siennes et j'en aime aussitôt la douceur, la tiédeur et la taille, je le regarde et il me sourit, ce sourire qui me bouscule à chaque fois, je suis prise d'un rire incoercible et mon rire s'envole, résonne sous les voûtes en brique du restaurant, fait se retourner les clients, certains se mettent à sourire, d'autres à rire à leur tour, et la tragédie tourne à la farce, à la joie. Hubert arrange une mèche de mes cheveux qui vient de glisser sur mes yeux et il y a dans ce geste anodin tout l'amour qui me manque depuis si longtemps, toute la si précieuse chaleur humaine ; ses doigts effleurent mon front, ma joue, presque mes lèvres, s'y attardent le temps d'un soupir, ses doigts parlent, ils me disent son désir, ils me disent ma féminité, ils me disent ma beauté et mon rire s'éteint, doucement, et dans la cave revient le calme, dansent de nouveau les murmures, les cliquetis de porcelaine et les éclats d'argenterie.

– Moi qui ne savais pas comment dépenser mon argent, chuchoté-je, voilà une bonne méthode. Se le faire voler.

Mais Hubert ne sourit plus. Ses mains ne touchent plus les miennes, ni mon visage, il les a reprises comme la mer reprend une vague après l'avoir offerte au sable. Son air est grave.

– Je ne vous ai pas tout dit, Jo.

Et moi qui pensais avoir tout vu avec Jo.

– Mais avant toute chose, sachez que je ne suis pas un filou, comme je suppose que Fanny a dû vous le suggérer. Je me suis même permis de me renseigner un peu sur elle et, aux GA de Reims, on la soupçonne d'une même escroquerie. Sa grand-mère, cette fois. Elle avait fait fort : spondylarthrite ankylosante. Une horreur. Même mode opératoire qu'avec vous. Se fait une amie parmi les grosses gagnantes. Plus tard, elle monte une cagnotte en ligne. Et le tour est joué.

– Je m'en fiche de Fanny, lui soufflé-je, le cœur battant. Qu'est-ce que vous ne m'avez pas dit, Hubert ?

– Je n'ai pas gagné au Loto.

– Vous avez menti à tout le monde alors ?

– Non. D'abord parce que je n'ai jamais dit que j'avais gagné.

– Alors, pourquoi venez-vous aux réunions ?

– Parce que j'ai gagné.

– Je ne comprends pas.

– Après mon divorce, il y a quinze ans, je me suis

retrouvé rincé. Et un matin, dans un bistroquet, par désœuvrement, j'ai fait une grille de Loto. Une seule. Après, tous les lundis, je revenais cocher toujours les mêmes cinq numéros. Le 1, parce que c'était la première fois que je jouais. Le 5, le nombre d'années où j'étais resté marié. Le 16, l'âge de ma première fois. Le 32, celui qu'avait ma mère quand elle est partie. Et le 40, département des Landes, la plage à Seignosse, un merveilleux souvenir d'enfance pour moi. Et puis de nouveau le 1 pour le complémentaire. Le samedi 19 mai 2007, le 1, le 5, le 16, le 32, le 40 et le complémentaire sont sortis.

Il baisse un instant les yeux.

– Mon ticket était dans la poche-revolver de mon pantalon qui était dans la machine à laver.

Je dois avoir l'air absolument idiote avec la bouche grande ouverte.

– Depuis, je souffre d'un mal dont je n'ai pas été atteint et j'assiste aux réunions des GA pour me dire que finalement c'était une sacrée chance ce qui m'est arrivé. Voilà, vous savez tout, Jo.

Je ne dis rien.

Je fais juste signe au serveur d'apporter la note.

Quand il la dépose sur la table, je m'en empare, la règle et regarde Hubert. Mes joues sont en feu lorsque je lui dis :

– Emmène-moi.

– Alors, alors, ma Jo, comment s'est passée ta soirée avec le mystérieux Hubert ? m'a demandé Danièle (Françoise), tout excitée. Tu penses bien que j'ai pensé à toi tout le temps. Christian n'était pas là, il avait des dossiers à finir à la banque, alors j'ai re-regardé *Sur la route de Madison*, et c'est toi que je voyais, Jo, tu étais Francesca[1], tu mérites tellement ce qui lui arrive après ce qui t'est arrivé, oh là là là, et j'ai encore pleuré à la fin, des trombes d'eau, tout le Niagara ; dis-moi que ça s'est bien passé ? Et j'ai répondu à mon amie que ça avait été une merveilleuse soirée.

Ce fut un fiasco.

Je n'imaginais pas qu'il allait être si difficile de lais-

1. Francesca est le prénom du personnage interprété par Meryl Streep, de son vrai prénom Mary Louise, dans le film *Sur la route de Madison*, auquel Françoise, pardon, Danièle (Françoise) fait référence.

ser une main nouvelle, comme une eau, couler sur ma peau, s'immiscer dans mes moindres failles.

Comme ils sont hasardeux et friables ces nouveaux premiers gestes, après vingt-cinq années de caresses d'un autre.

Mis à part les quelques mois où j'avais vécu avec Vittorio à Villefranche-sur-Mer, je n'avais connu que la chair et les impatiences de mon mari.

Sa faim à lui.

Vittorio avait été une sorte de passerelle entre mon envie de mourir à cause de la trahison de Jo et celle de rester en vie à cause des enfants, à cause de cette idée navrante, presque désespérante, que le meilleur est à venir.

Mais une fois que j'étais revenue à moi, sur la terre ferme, Vittorio s'en était allé, dans l'élégance du silence. Il souffrait que je n'aie jamais *ressenti* ses caresses et ses baisers, pas davantage ses doigts qui avaient exploré mon ventre, cherché à atteindre mon cœur.

Avec lui, mon corps ne jouissait pas.

Avec lui, mon cœur ne tremblait pas.

J'avais été une morte dans ses bras.

Il avait été mon amant de deuil.

Alors non, il ne m'avait pas été possible, à plus de cinquante ans, après tout ce temps de diète, de me déshabiller allègrement devant un inconnu, dans sa chambre inconnue, et d'offrir ma chair avec empressement, de laisser mes impudeurs commander, ma fringale me guider.

Je m'étais fermée et ce fut un fiasco.

J'avais tremblé.

J'avais eu honte de mon corps.

J'avais eu peur. De son regard. De ses mains. De son désir. Et de moi.

Je m'étais pelotonnée presque dénudée sur le lit, j'avais sangloté, alors Hubert m'avait couverte avec le drap, m'avait réchauffée comme on le fait avec les repêchés en mer, avec tous les égarés du monde, et sa main amie m'avait délivrée.

Je m'étais endormie dans le chagrin de quelque chose qui meurt.

À l'aube, mes frayeurs m'avaient quittée.

J'avais murmuré, Je suis prête, et Hubert m'avait fait l'amour avec l'émerveillement et l'impatience d'une première fois, la beauté et la gravité d'une dernière, et mon corps était redevenu puissant, affamé et beau.

Libre.

– Oui, ai-je répondu à Danièle (Françoise), ce fut une merveilleuse soirée. Et tu sais quoi ? Je crois que je suis amoureuse.

*Dépense numéro 11 – 6 500 000 euros*
*(auxquels il convient d'ajouter 448 300 euros*
*pour l'ogre du bon inspecteur principal Monnet)*

Je ne voyais plus leur différence d'âge, mais leur amour. Ils se tenaient la main comme dans une chanson de Brassens, leurs regards étaient des gourmandises. Ils étaient hâlés, reposés et beaux.

Mado et Romain venaient de rentrer après plus de trois semaines de repérages qui avaient débuté dans les Ardennes – Malmy, Villemontry, Sivry-lès-Buzancy, des hameaux scarifiés par l'Histoire – et qui s'étaient poursuivis en Provence où, à cause du nombre de villages désertés par les hommes après le soulèvement républicain de 1851, ou vidés dans les années 30, les possibilités semblaient plus vastes. Ils avaient roulé longtemps entre le Haut-Chaudoul, Trévans, au sud de la N85, et fini par dénicher un lieu-dit, Raspaioun (qui signifie raidillon), à 850 mètres d'altitude, une vingtaine de maisons, les ruines d'une chapelle, une fontaine-lavoir à deux bassins, Et une vue, maman, absolument incroyable sur la montagne de Beynes, dans le massif du Montdenier, et selon les notaires du coin, c'est envisageable. Oh mon Dieu, avait ajouté Mado, vous allez adorer, Jo, c'est exactement ce dont on rêve mais qu'on ne trouve jamais, et, sans aucune méchanceté, j'avais demandé en souriant, Comme mon fils alors ? et Mado avait rosi, Romain l'avait serrée contre lui, Oui, avait-elle murmuré, oui, c'est aussi beau.

Plus tard, à table, Romain a raconté Raspaioun à papa, il disait déjà « notre village » et sa joie était communicative. Toi qui aimes la nature, grand-père, tu vas être gâté, et le merveilleux sourire de l'extravagant Mr. Deeds a de nouveau été là. C'est bien, a-t-il marmonné, c'est bien. Sais-tu, mon garçon, que j'ai été un célèbre paysagiste, diplômé de l'École nationale supérieure de paysage de Versailles, et que j'ai aménagé le parc du château de Dampierre-sur-Boutonne ? lui a-t-il demandé en me jetant un coup d'œil amusé, et je n'ai pas pu, à cette seconde précise, ne pas penser qu'il savait tout depuis le début et que ses soi-disant pertes de mémoire équivalaient au nuage d'encre qu'expulsent les seiches pour se protéger et fuir – fuir son chagrin, fuir la détresse de sa vie sans maman, le vide glacial dans ses bras.

Au moment du dessert, sablés aux épices et mini-gaufres de la Petite Maison d'Arras apportés par Mado, elle et Romain ont annoncé avoir quelque chose à dire, et je te jure maman, et je te jure papa, et je te jure Jo, je te jure Hubert, que j'ai eu peur.

Mais fort heureusement, les mamans s'inquiètent souvent pour un rien[1].

Tout le monde n'a pas d'argent, a expliqué Romain le plus sérieusement du monde, mais tout le monde est riche de ce qu'il possède, et quand ce qu'on possède a de la valeur pour un autre, cela devient une monnaie. Et cette monnaie, on aimerait qu'elle ait cours plus largement. Elle serait officielle à Raspaioun, bien sûr, mais en attendant, on en ferait une *app* qui s'appellerait « Troc la vie », et chacun y négocierait ses besoins. Ce n'est pas une idée neuve, on le sait bien, Mado et moi, mais il est temps de la généraliser. Temps d'arrêter de payer des intermédiaires sans scrupules.

Romain parlait vite, il était touchant dans sa passion, et Mado le regardait comme on regarde un prince. Quelqu'un, poursuivit-il, pourrait, par exemple, échanger des heures de garde contre un manteau. Des fleurs contre des livres. De l'essence contre des histoires. Des poèmes originaux contre une discussion au parloir d'une maison d'arrêt. Des œufs contre du pain. Du bricolage contre une machine à laver. Un vélo contre des heures de jardinage. Etc. L'argent ne devrait pas

1. Cela dit, une femme peut encore avoir un enfant au-delà de cinquante ans (je sais que Mado ne les a pas tout à fait) et on a vu une certaine Mme Steve Pace, en 1939, donner naissance à un fils, conçu de façon tout à fait naturelle, à l'âge de 73 ans et 10 mois.

exister. On devrait pouvoir tout échanger. S'enrichir de l'autre tout en l'enrichissant. Je souris toute seule et nous ressers du vin à tous – il est bon, ce vin, il possède des arômes d'épices et de fruits confiturés.

Tu peux être fier de notre fils, Jo. Il est resté un rêveur et ce sont les rêveurs qui dessinent le monde.

Autour de la table, on s'emballe. On rit. On invente Raspaioun. On imagine une vie ensemble, simple, amicale, heureuse. On déborde d'idées, d'envies. On veut déjà randonner dans la vallée du Verdon, sur le plateau de Valensole. On se dit qu'on relancera les vignes vers Lubac, qu'on fera un vin tranquille, généreux et fruité – On l'appellera La Mercière ! s'exclame Romain avec la candeur d'un enfant un matin de Noël. On réparera les maisons, on reconstruira la chapelle, on aura des fruitiers, des potagers, des bêtes, on réunira tous ceux qu'on aime.

Il y a tant à vivre et si peu de temps.

La nuit est tombée depuis longtemps et le sourire de papa s'est effiloché, son regard flotte dans le vide. Il est fatigué. Alors que je m'apprête à l'accompagner à sa chambre et que Romain l'embrasse, papa le complimente, en pointant Mado, Votre maman est charmante, jeune homme, moi je ne me souviens plus de la mienne.

Et à moi, lorsque je passe mon bras sous le sien pour l'aider à se lever de sa chaise, Ah, merci, mademoiselle, dites-moi, vous n'avez pas oublié ma mousse à raser ?

Je deviens heureuse avec Hubert.

Il est prévenant. Il est doux. Gentil. Il connaît mes envies. Mes chagrins. Il apprivoise ma peau. Mes cicatrices et mes douceurs.

Je découvre ses pudeurs. Ses parts inavouées. J'apprends son langage.

Il sait quand j'ai besoin de ses ailes et quand j'ai besoin de silence. Besoin d'air et de solitude aussi – cet endroit où les femmes se régénèrent –, je déambule dans le Jardin de la Légion d'honneur, face au musée des Beaux-Arts. Je voudrais m'y perdre mais il est trop petit pour cela.

L'autre jour, j'y ai vu la maman à laquelle j'avais offert des vacances au Club Med. Elle jouait avec son fils, courait avec lui, riait. Elle était intrépide, joyeuse et ravissante. Quand elle m'a aperçue, elle m'a fait un petit signe de la main auquel j'ai répondu et j'ai pensé que souvent le cœur n'a pas besoin de mots.

Dans le parc, mon esprit vagabonde. Alors s'éloignent

les cris des enfants. Le bruit de fond de la ville. Jour après jour, le vent emporte, comme des escarbilles, ce qu'il me restait de Jo et je n'ai plus de souffrance.

Je me souviens des vies que j'inventais ici pour papa. De la toute dernière, là, sur ce banc. Celle dans laquelle il avait dirigé la *Symphonie fantastique* de Berlioz, à la Philharmonie de Berlin, oui, papa, tu comptais parmi les plus grands chefs d'orchestre, et ce soir-là, Karajan qui était dans la salle t'avait rejoint sur scène, t'avait embrassé, avait dit au monde qu'il pouvait mourir maintenant que tu étais là. Il y avait eu une *standing ovation* de dix-huit minutes et nous avions tous pleuré d'émotion.

Nous nous voyons régulièrement, Hubert et moi. Chez lui parfois, parfois à l'hôtel, j'aime encore ce parfum de clandestinité. Cette volatilité. Il souhaiterait que je m'installe dans sa maison, quartier Vauban – C'est beaucoup plus grand que chez toi et ton père y serait mieux installé, au rez-de-chaussée, plus d'escalier, plus ce risque, cette fatigue.

Il aimerait tous les matins ensemble, dit-il. Tous les matins du monde. Et toutes les nuits du monde. Les deux brosses à dents. Les deux shampooings. Les deux tasses de café, les deux verres d'orange pressée. Je soupire. Je lui demande d'être patient. J'aime la façon pour l'instant dont nous fonctionnons, sans doute m'évoque-t-elle celle de ma chère Ariane Deume, la Belle du Seigneur, qui ne se livrait que prête, ne se délivrait qu'aux moments opportuns de ses humeurs, et bien souvent la langueur de l'attente de Solal rendait leurs retrouvailles plus éblouissantes encore, plus désespérées aussi – car combien de temps peut-on s'incendier sans jamais se lasser ?

Je ne veux plus de la grisaille de l'habitude.

Je ne veux plus être toujours du même côté du lit.

Je ne veux plus des gestes auxquels on ne pense plus.

Je ne veux plus des mots déjà entendus, déjà écrits.

Je veux désormais un jour à la fois. Le savourer comme une dragée. Lentement. Longuement.

Je veux à chaque fois être ce pour quoi les hommes brûlent et se consument pour nous.

La nouveauté.

Chaque jour, la nouveauté.

Faire l'amour est facile, c'est ce qu'on en fait qui est difficile.

À nouveau en visio avec Nadine à Londres. Cette fois, Romain est avec nous. Elle nous donne de bonnes nouvelles d'Oliver, malheureusement un peu moins de Fergus, puisqu'à la suite de la varicelle de leur fils, il a contracté un zona, boutons et cloques sur le visage et le thorax, corps en feu et, à cause des démangeaisons insoutenables, précise-t-elle, il lui a même demandé de lui attacher les mains la nuit. Aussitôt je lui propose de venir, Je saute dans l'Eurostar, ma chérie, et je suis là ce soir. C'est adorable, maman, mais ça va aller, ma belle-sœur est là, qui nous aide beaucoup.

Et puis Romain lui *annonce* Mado et ma fille saute de joie. Je l'adore ! s'exclame-t-elle. Je suis tellement contente pour toi, Romain, tellement contente, et je te réponds tout suite, maman, à la question que tu n'oses pas me poser : je me fous, mais totalement, de leur différence d'âge, si mon frère est heureux et si Mado l'est aussi, c'est eux qui ont raison. On viendra dès que Fergus sera guéri, lance-t-elle, et on fêtera tout ça, en famille, et elle ajoute, dans un sourire espiègle, Bon, pas sûr qu'Oliver ait un petit cousin ou une petite cousine de sitôt, et voilà que mon côté grand-mère *muffin* ressort aussitôt, Mais peut-être un petit frère ou une petite sœur ? et j'aime l'immense sourire de maman de ma fille.

Bon, se reprend-elle, venons-en aux choses sérieuses. Le film. Quel film ? Le film, maman, ne te fais pas plus idiote que tu n'es. Ah, oui, le film. C'est ça, le film. Ça avance bien. On avait pensé en faire une adaptation ici, en Angleterre, Brighton à la place d'Arras, une mercerie dans le centre historique, papa aurait été contremaître à la brasserie Ironstone, mais finalement, quand le producteur a vu des photos d'Arras, il a trouvé ça si beau qu'il a décidé de tourner en France. Donc, hasardé-je, tu vas faire ce film ? À Arras ? Exactement. D'ailleurs, maman, as-tu lu le scénario que je t'ai envoyé ? Euh. Il est là. Sur la, euh, commode du salon. Je, comment dire, je l'ai feuilleté. Ça semble très bien. Mais, euh, c'est technique. Les numéros de scènes, les ext/int, jour, nuit, tout ça, ça n'aide pas la lecture. Nadine rit. Mais c'est ça, poursuis-je. Quand Jo gagne, euh, je veux dire quand je gagne, c'est ça, c'est la réaction que j'ai eue. Je me suis évanouie, quoi. Tu as lu alors ? Feuilleté, ici et là, et, oui, j'aime bien. Ce n'est pas grave, murmure-t-elle, mais essaie de lire la fin, tu verras, ça finit bien. Romain intervient, Je vais le lire, Nadine, et je le raconterai à maman. Merci,

Romain. Donc, reprend ma fille, on a fait un casting français, on a trouvé et je suis très heureuse. Tu veux dire que ça y est, des *vrais* acteurs vont jouer le rôle de papa et moi ? Nadine retourne une photographie d'une jolie femme, quarante-cinq ans environ, et l'approche de l'objectif de son ordinateur pour qu'on la voie bien. C'est toi, maman. Oh, dis-je, écarlate, c'est ainsi que tu me vois ? C'est très gentil. Flatteur, même. Puis celle d'un homme, à peine plus âgé, visage très élégant, regard clair, plein de charme. Voici papa. Il n'est pas trop beau ? demandé-je aussitôt. Ton père, moi je le trouvais beau, mais il ne l'était pas autant que lui. C'est du cinéma, maman, et c'est beau la beauté. Puis elle retourne une troisième photo, un homme encore, soixante-cinq ans cette fois, aimablement dégarni, l'air malicieux. Et voici grand-père.

Sous nos regards émerveillés, Romain nomme Mathilde Seigner, Marc Lavoine et Patrick Chesnais.

Ma fille est folle[1].

---

1. Elle n'est, semble-t-il, pas la seule. Une semaine après cette discussion avec elle, un acteur m'a contactée, car il souhaitait monter une pièce de théâtre d'après mon histoire. Et pourquoi pas des mugs, des tee-shirts, une bédé et une tapisserie au crochet ?

Qu'il est difficile de dépenser de l'argent.

Je pourrais acheter un Soulages, un Kahlo rare, un Van Gogh mineur – oublie Bacon, Basquiat et Picasso, Jo –, mais pour quoi faire ? Pourquoi soustraire de la beauté aux yeux du monde ? J'ai vu des montres à 500 000 euros mais elles ne donnent pas mieux l'heure que ma vieille Lip, des croisières de douze jours à 45 000, alors qu'une journée alanguie sur un transat sur la plage du Touquet, face à la mer, suffit à mon bonheur. Je me souviens, dans un quotidien, de cette ancienne publicité pour une chaîne d'hôtels bon marché. La page était toute noire, en son milieu il y avait un petit titre en blanc qui disait : « La nuit, nos chambres ressemblent à celles du Ritz. » J'avais souri. C'était exactement ma vision des choses.

Cette semaine, j'ai reçu deux nouveaux projets, suite à l'article de *L'Observateur de l'Arrageois* :

– Création d'une collection de romans exclusivement écrits par des jeunes de 8 à 15 ans, « Romenfance » (35 000 euros, Juliette, 43 ans, et Sarah, 34).
– Achat et aménagement d'une « maison d'amis », un lieu où, comme dans une chambre d'amis, pourraient venir ceux et celles qui craquent chez eux, ont besoin d'un jour ou deux de break, de réconfort ou juste de tranquillité (280 000 euros, Blanche et Pablo, 35 et 48 ans).

Oh, comme je hais l'idée qu'on ne puisse pas disposer de son argent comme on le souhaite, le donner à qui l'on veut, comme ça, gracieusement, généreusement, sans que l'ogre de Monnet vienne y plonger ses griffes au prétexte qu'il est l'ogre.

L'ogre n'a jamais aimé ni sauvé personne.

Il se goinfre, c'est tout.

## *Dépenses numéros 12, 13 et 14 – 200, 100 et 500 000 ( ?) euros*

Au jeune couple de SDF devant le Monoprix de la rue Gambetta, quatre billets de cinquante, pas un merci.

À une tablée en terrasse sur la Grand-Place, 100 euros, et soudain des vivats, des Asseyez-vous ! Trinquez avec nous !

À une contractuelle qui commençait à verbaliser, rue Émile-Legrelle, 300 euros – Tenez, lui ai-je dit, faites-leur une fleur pour une fois. Article 445-1 du Code pénal, m'a-t-elle balancé, l'air mauvasse, corruption dans le cadre national, jusqu'à cinq ans de prison, madame, et 500 000 euros d'amende.

Il y a des jours sans.

Drôle d'expression qui vient du temps de la Deuxième Guerre mondiale, m'avait appris maman, à l'occasion des jours de ravitaillement, lorsqu'on trouvait encore du pain, des pâtes, du sucre, du beurre ou du fromage, mais pas de viande.

Ces jours sans viande étaient appelés « des jours sans ».

Et puis, lorsque la viande n'a plus manqué, l'expression est restée pour marquer les jours mauvais.

Aux Gagnants Anonymes, ce soir-là fut un jour sans.

Même si Sébastien nous avait fait rire en évoquant la demande farfelue d'un riche Saoudien : trouver, à trois heures du matin, un collier maillon panthère de Cartier, or rose et diamants et, tenez-vous bien, a-t-il jubilé, j'ai réussi à faire ouvrir la boutique de la place Vendôme à quatre heures du matin ; même si Thierry nous avait émus en racontant sa joie d'avoir rencontré Danièle (Danièle) – elle marque la fin de ma solitude, avait-il confessé à voix basse ; même si Hubert et moi nous regardions enamourés avec une furieuse envie d'être loin d'ici ; et même si René nous avait agréablement surpris en lisant le premier chapitre de son polar *à la monsieur Grangé* ; et Pascale amusés en nous parlant de son moral retrouvé grâce aux champignons shiitake[1] ; à la seconde où le modérateur, assis au bord du bord de sa chaise, se pencha en avant comme au bord d'un abîme et grogna pour éclaircir sa voix, nous sûmes que quelque chose n'allait pas.

– C'est Raoul, finit-il par dire.

Brigitte étouffa un cri.

– Ce matin. TGV 7551. Le Paris-Arras de 6 h 50, à la hauteur d'Agny, à trois kilomètres de chez lui. Il attendait assis sur la voie, le choc a eu lieu, semble-t-il, à plus de 170 km/h, et.

– Arrêtez ! a crié Brigitte. On n'a pas besoin des détails.

Alors ce fut le silence.

Des yeux qui s'inondent.

---

1. Non. Il ne s'agit pas d'une variété de champignons magiques – champi, shrooms et autres psilo –, mais du cousin extrême-oriental du cèpe, appelé aussi *élixir de vie*, riche en B6 (laquelle vitamine a un réel impact sur la production de sérotonine), un ingrédient essentiel dans les gastronomies coréenne, japonaise et chinoise. À cuisiner poêlés, sautés ou en omelette.

Des mains qui en cherchent d'autres, forment une chaîne du chagrin.

Une ronde de douleur.

Deviennent un seul corps.

Comme pour rassembler celui, disloqué, émietté, de Raoul, disséminé sur des centaines de mètres, des morceaux d'os, des flaques de chair.

Isabelle a bondi, s'est précipitée aux toilettes. Georges s'est levé, s'est servi un grand verre de vin qu'il a descendu cul sec. Puis un second. Hubert est venu auprès de moi, m'a prise dans ses bras.

Et Pierre, bouleversé, en larmes, a déclaré qu'il allait créer une rose à son nom.

La rose *Raoul*.

À grosse fleur double, a-t-il précisé, et tirant vers le mauve, distillant un parfum chaud et poivré. Une rose d'homme.

C'est cette délicatesse de Pierre – faire pousser un flamboiement sur une atrocité – qui m'a fait me liquéfier.

Hubert a essuyé ma joue, murmuré à mon oreille, Ton cœur est immense, Jo, c'est pour cela que tu es belle, c'est pour cela que je t'aime.

Plus tard, quand Pierre aura pollinisé une *Cuisse de nymphe émue*, pour l'abondance de ses pétales, et une *Cardinal de Richelieu*, pour sa couleur mauve, Hubert et moi chercherons et retrouverons la maison devant laquelle passait Raoul lorsqu'il était enfant, à la sortie de son village.

Une maison qu'il trouvait magnifique, avec un grand jardin sur le devant, un étang derrière, des saules pleureurs et, à une centaine de mètres, un petit bois. Il s'y arrêtait presque tous les soirs en rentrant de l'école pour écouter les *Gnossiennes* qu'interprétait une femme. Et parfois, il pleurait.

Nous sonnerons. Une femme nous ouvrira, la fille de la pianiste.

Non, nous répondra-t-elle, maman hélas ne joue plus, l'arthrose a trahi ses longs doigts.

Un empan d'une octave, au moins, avait supposé Raoul.

Nous lui expliquerons. Nous lui parlerons de cet homme qui un jour avait frappé à cette porte. Elle lui avait ouvert. Elle était encore une enfant. Vous ne vous en souvenez peut-être pas. C'est le monsieur qui voulait acheter la maison ? nous interrogera-t-elle en souriant. Oui. Alors nous lui demanderons si nous pouvons planter un rosier dans son jardin. Une plante nouvelle, et très belle, spécialement créée pour lui, qui produit des grosses fleurs doubles, d'un rose tirant vers le mauve, et qui distille un parfum chaud et poivré.

Et cette femme, qui n'aura pas oublié le petit garçon qui rêvait de cette maison et s'arrêtait pour écouter sa mère jouer Satie, nous conduira au plus bel endroit du jardin et nous dira, Plantez-le ici, il sera bien.

Puis elle indiquera une fenêtre, au premier étage, C'est la pièce où ma fille apprend le piano. Tout à l'heure, elle jouera *Andante.* J'espère que votre ami aime Mozart.

Ce soir-là, après la réunion, après l'apéritif triste, Hubert m'a entraînée chez lui, quartier Vauban. Nous nous tenions par la main et je ne me souvenais pas quand avait été la dernière fois que j'avais marché en tenant la main d'un homme – peut-être celle de mon père, quand j'étais petite fille. Jo n'aimait pas ça. Ça fait vieux couple, disait-il, ça fait fragile. Il préférait me prendre par la taille. Ça, ça dit autre chose, avait-il plastronné, ça montre que tu es à moi, et cette possessivité de gamin m'avait fait sourire. Pourtant, j'aime qu'Hubert et moi nous tenions la main. J'aime que cela fasse vieux couple, Jo, que cela fasse fragile. Je suis bien avec lui. Il me rassure. Il me fait m'aimer et aimer. Je retrouve le goût des choses. Je réentends la poésie du monde.

Cette nuit-là, Hubert m'a rendue folle et j'ai aimé sombrer dans ma folie.

*Liste de mes envies*

Trouver un moyen (association ? SCI ?) de transmettre la mercerie et tout ce qu'elle contient à Mme Schmitt, afin qu'elle y crée un atelier de couture pour les nécessiteux. Faire une grande fête ce jour-là.

Signer la vente de Raspaioun, y faire tous les travaux de rénovation (maisons, chapelle, etc.) et nous y installer tous.

Acquérir une vigne pour produire La Mercière.

Décider (enfin !!!) à qui donner un million – c'était déjà dans ma liste il y a trois ans, mais je n'ai toujours pas trouvé (et puis avec Monnet qui rôde, prudence…).

Me réconcilier avec Danièle (Danièle).

Faire un dîner à l'appartement avec les jumelles, leurs hommes et Hubert.

Offrir le voyage de leurs rêves à Mado et Romain. (J'étais d'accord pour les Maldives, les Bermudes, Saint-Barth, mais c'est la Toscane qui les enchante.)

Voilà. Pour le reste, je suis comblée.

*Dépense numéro 15 – 600 euros*

Un ensemble La Perla en soie blanche rehaussée de guipure *frastaglio* ivoire. Pour moi. (Et pour Hubert.)

# *Épilogue*

*Deux ans plus tard.*

Il y a eu les attentats du 13 novembre à Paris. *Boucherie, carnage, nausée, colère* – aucun mot n'a jamais existé pour décrire ce qui s'est passé. C'est quelque chose de muet, de prodigieusement intime, qui modifie à jamais les battements de nos cœurs.

Mais la vie doit continuer. Même boiteuse. Même ensanglantée.

Je suis presque parvenue à me défaire de mes millions. La plupart ont servi à l'acquisition de deux hectares de vigne à Lubac, et à l'achat et la rénovation de la chapelle et de dix-neuf des vingt maisons de Raspaioun, la vingtième étant celle d'un médecin retraité qui n'y venait plus mais qui a tenu, lorsqu'il a appris que nous nous y installions, non seulement à la conserver mais à revenir y vivre. Vous verrez, Jo, m'a-t-il dit, les médecins, c'est comme les petits pois, on en a toujours besoin chez soi[1].

J'ai finalement donné à Mme Schmitt la mercerie et tout ce qu'elle contenait, après avoir dû gaver l'ogre de Monnet de 599 044 euros – et revoilà nos 60 %, madame Guerbette, je vous avais bien prévenue, c'est qu'il est affamé, l'ogre, depuis que M. Hollande a laissé 485 milliards de dettes supplémentaires et s'en est allé, impunément, faire désormais le joli cœur auprès de son actrice ; ils sont là vos 60 %, chère madame, dans les poches trouées des autres.

Mme Schmitt a délicatement rebaptisé la mercerie Au fil de l'autre. Chaque jour, dans une ambiance joyeuse, des femmes, et parfois des hommes, viennent y coudre, tricoter, repriser, des gants, des bonnets, des pulls, des robes…, qu'ils offrent à ceux qui ont si peu.

Je n'ai jamais cherché à avoir des nouvelles de Fanny. Je n'ai pas non plus porté plainte. Je n'ai aucune colère – je crois que mes aigreurs se sont enfuies de moi lorsque Jo s'est enfui. Hubert avait mis en garde les autres groupes de GA des filouteries de Fanny, mais

1. Le médecin, le docteur Haytayan, fait ici référence à une célèbre réclame de la fin des années 60, qui mettait en scène un petit personnage, Pipiou, et sa boîte de petits pois, qui clamait, alors que débarquaient des amis au pied levé : « On a toujours besoin d'un petit pois chez soi. »

il semblerait qu'elle soit malgré tout parvenue, sous un autre nom, à sévir dans un groupe des Bouches-du-Rhône, pour une somme comparable à celle qu'elle m'a carottée. Je souris parce que je me souviens de cette légende d'un dessin de Sempé où un petit bonhomme regarde le ciel : « Je pardonne à ceux qui m'ont offensé, mais j'ai la liste. »

Nous sommes déjà presque une quinzaine à vivre à Raspaioun, au milieu des buis, de la lavande et des forêts, entourés d'aiguilles rocheuses qui semblent vouloir percer le ciel, le mont Ventoux là-bas, le sommet du Châtelard. Plus bas, dans la vallée, des villages fantômes et les maquis de la Résistance, et certaines nuits, dans le silence, on peut entendre le souffle aride des hommes, les âmes vagabondes.

Des busards et des aigles planent au-dessus de nous, silencieux, majestueux, ils me font penser aux magnifiques cerfs-volants qui dansaient dans le ciel du Touquet quand j'étais enfant ; et soudain l'un d'eux plonge, semble tomber, on dirait une pierre de plumes, il frôle la terre rocailleuse, acérée, et remonte avec un garenne entre les serres.

La beauté est partout.

Il a neigé l'hiver dernier. Il nous a semblé être recouverts d'une immense robe de mariée et c'est sans doute à cause de cela qu'Hubert m'a demandée en mariage.

J'ai pleuré. J'ai dit oui. Et j'ai pleuré de plus belle.

Le bonheur coule aussi par les yeux, comme les sources qui serpentent autour de nous et tracent des larmes de joie.

Nous nous marierons au printemps prochain, lorsque la chapelle sera tout à fait rénovée.

Mado, Romain et Françoise (qui retrouve ici son vrai prénom) ont été les pionniers de cette aventure, avec Hubert, papa et moi. Christian n'est venu qu'une fois, extrêmement occupé qu'il était à Arras, disait-il, depuis qu'il avait été promu directeur. Françoise avait ce jour-là choisi sa plus belle robe, poudré ses pommettes, parfumé les lobes de ses oreilles et déposé une goutte à l'entre-deux-seins. Elle était heureuse comme un printemps. On était tous allés le chercher à la gare de Château-Arnoux-Saint-Auban où il était arrivé épuisé après presque neuf heures de voyage, deux correspondances. S'était ensuivie une heure de voiture et de lacets pour rejoindre notre minuscule village, notre fierté, et il avait eu l'air effondré, C'est ça ? Dix heures de voyage pour voir quatre bicoques perdues en montagne, non mais Danièle[1] !? Tu... !? Tu vois ce que tu me demandes !? Il n'y a même pas de restaurant, même pas un bar, une guinguette, quelque chose, je suis

1. Il convient de noter que Christian, lui, l'appelle toujours Danièle.

directeur, Danièle, je te rappelle qu'un directeur ça ne dort pas dans un cabanon au milieu des chèvres, et d'ailleurs, c'est quoi ces bêtes là-bas ? Elles sont terrifiantes. Françoise lui avait fermement pris le bras, l'avait entraîné jusqu'à la voiture, obligé à s'y asseoir, et elle avait démarré en trombe. Deux heures plus tard, elle était de retour, seule, les joues rouges encore, le souffle court. Quel con ! Non mais quel con ! Il faisait moins le directeur tout seul, sur le parking désert devant la gare ! Qu'il retourne auprès de sa pouffe ! Je t'appelle Camille parce que ça te convient mieux, avait-elle alors craché en imitant le directeur. C'est ça, prends-moi pour une cruche, connard ! J'avais serré mon amie retrouvée contre mon cœur et sa respiration s'était apaisée. Elle avait essuyé une perle d'eau au coin de son œil, puis avait souri, enfin. Et on avait éclaté de rire.

Puis étaient arrivés Pierre, le faiseur de roses, avec des centaines de sachets de graines dans ses valises, et Pascale, qui s'est mise à nous enseigner le hatha yoga qui permet, selon elle, d'équilibrer le corps et l'esprit grâce au soleil (*ha*) et à la lune (*tha*). Chaque matin, nous sommes parfaitement ridicules sur nos petits tapis de caoutchouc, mais parfaitement heureux.

Plus tard, Brigitte est venue passer une semaine de vacances auprès de nous et elle n'est plus jamais repartie. Depuis, elle apprend à faire des paniers en osier et des petits sacs en papier.

Plus tard encore nous ont rejoints Xavier, qui avait pour projet de créer des jardins potagers, Moh, Monique et Louis, qui, eux, rêvaient d'un centre d'équithérapie, et Sandrine, d'un cabinet de dentiste itinérant.

J'ai financé tous ces projets et l'ogre de Monnet n'y a rien trouvé à redire.

Xavier et Pierre ont fait des miracles sur cette terre caillouteuse où poussent désormais du panais, des cardons, de la raiponce, des poires de terre, à côté des tomates, des laitues et des carottes.

Le modeste centre d'équithérapie a commencé à accueillir des gamins de la vallée de l'Asse, du massif de la Clape, des petits paumés, des ronces malingres, jeunes pousses tordues ; petit à petit, ils se sont mis à goûter à la beauté de la vie et à aimer ça.

Le camping-car dentaire de Sandrine a très vite été connu dans les bourgs alentour et n'a plus désempli. Les gens ne payaient pas, c'était notre règle – *Troc la vie*. Ils offraient, s'ils le souhaitaient, des petites choses en échange. Ou du temps. De la tendresse humaine.

À l'automne dernier ont débarqué Nicolas et Rachida, qui ont ouvert leur atelier et imprimé, en janvier, le premier petit roman de la collection de Juliette, « Romenfance », sur un papier 100 % recyclé, au biogaz, sans chlorine et avec de l'encre de soja.

On attend Blanche et Pablo au printemps pour la maison d'amis.

Et puis, et c'est ma grande joie, Danièle et Thierry sont arrivés la semaine dernière, suivis d'un énorme camion qui a eu bien du mal à atteindre notre hameau. Dans ce camion, ils apportaient un piano, une trentaine de VTT dont la moitié électriques, un projecteur 35 mm, un écran gonflable géant et les bobines de plus de quarante longs métrages, dont, m'a dit Danièle, son précieux *Peau d'Âne* pour Thierry et ton cher *Love Story*, ma Jo, et j'ai tellement aimé nos retrouvailles – elles eurent un goût acidulé de roman *feel good*, et chacun dira ce qu'il voudra, mais c'est quand même plus agréable à lire qu'un livre sur le nombril souffreteux ou ulcéré de son auteur.

Et tandis que j'écris tout cela, dans notre petite chambre fraîche aux épais murs de pierre, si agréable, et que papa se repose dans la sienne, bienheureux – il est comme un coq en pâte ici, le chouchou de ces dames, son petit air Gary Cooper sans doute, son sourire qui les fait toutes fondre, elles le gâtent, lui tiennent compagnie et parfois je le vois rire sans retenue, comme au temps de maman, au temps où il rentrait de l'usine en criant, J'ai trouvé ! J'ai trouvé ! et nous parlait d'un produit qu'il était sur le point d'élaborer et qui allait changer la vie des gens, et nous ne comprenions rien mais son bonheur changeait déjà la nôtre ; tandis que j'écris tout cela, toute ma curieuse histoire mitée par cet argent qui m'est tombé dessus sans que je demande rien, qui a détruit toute une partie de ma vie jusqu'à me faire douter de la beauté du monde et de la grâce des hommes, je vois Hubert dehors, avec quelques autres, en train de dresser comme chaque soir la grande table qui nous réunit tous, entre terre et ciel ; il tourne régulièrement son visage vers ma fenêtre afin de m'apercevoir, et lorsque c'est le cas, il me sourit, sa bouche articule des mots d'amour muets, des mots qui me bouleversent toujours et me rendent belle, et rare, et précieuse.

Je suis une femme heureuse.

Le film de Nadine est très réussi, il est léger et triste et il finit bien, même si cela m'a fait tout drôle de me voir en Mathilde Seigner et de découvrir Jo en Marc Lavoine.

Fergus, Oliver et elle viennent ici à toutes les vacances scolaires. On leur a construit une grande cabane à la sortie du village – vue sur la montagne de Beynes et dix hectares de vallée comme terrasse.

Mado et Romain s'occupent de l'intendance du hameau – nous sommes parvenus cette année à l'autosuffisance. Ils sont amoureux comme à leur premier jour. Ils se tiennent tout le temps la main, où qu'ils aillent, quoi qu'ils fassent, à croire qu'elles sont cousues, qu'ils finiront par ne faire plus qu'un[1].

Je suis une maman heureuse.

Tout à l'heure, papa est tombé.

1. Juste pour la grâce de sa poésie, ces vers de Pablo Neruda qui auraient pu être écrits pour Mado et Romain : « Les deux amants heureux ne font plus qu'un seul pain / Une goutte de lune, une seule, dans l'herbe / Ils laissent en marchant deux ombres qui s'unissent… », sonnet 48, *La Centaine d'amour* (1959).

Il n'a pas pu se relever seul. Il y avait du sang sur sa tempe, du sang qui perlait à son oreille. Il soufflait comme un vieux cheval. Ses mains tremblaient. Quand je me suis penchée vers lui, ses yeux ont semblé sourire. Il m'a appelée du prénom de maman. Il m'a dit en bégayant qu'il y avait un grand tunnel, une lumière aveuglante, et, dans la lumière, Toi, Marie, enfin, je te vois, je te retrouve, Dieu merci, et il a fermé les yeux.

Le docteur Haytayan est arrivé très vite, a considéré sa blessure, l'a examiné – pouls, tension, pupilles –, a essayé de lui parler, mais papa paraissait ne pas l'entendre. Puis il s'est tourné vers moi, la mine renfrognée, le regard triste, l'air vaincu.

Hubert, Romain et Pierre ont porté papa jusqu'à sa chambre, l'ont allongé sur son lit. Il ne grognait pas. Ses yeux restaient clos. Puis chacun est sorti. Le docteur a continué à le veiller, à écouter son cœur, et moi, je savais bien ce qu'il disait son cœur. De quels mots il battait.

Il disait je suis fatigué. Il disait voilà trente-cinq ans que je vis sans toi, Marie, que je m'endors dans un lit vide et me réveille dans un lit glacial ; trente-cinq ans que tes bras, ton rire, ta joie de vivre me manquent et me diminuent chaque jour. M'amputent de l'envie d'être grand, et beau, et drôle parfois, car je ne l'étais que pour toi ; je n'étais que pour toi ; je n'étais que toi.

Il disait, son cœur, je suis resté parce qu'on croit toujours que ceux qu'on aime reviennent tous un jour, et je t'ai attendue, ma femme, chaque jour, et chaque jour était beau car il te guettait ; j'ai veillé sur notre fille, j'ai tenté d'écarter les ronces de sa route, mais parce qu'on ne peut être en tous lieux à chaque instant, certaines ont griffé son visage, sa poitrine, son beau sourire, mais elle est restée forte, elle est heureuse maintenant, profondément, immensément, et nos petits-enfants également.

Il disait, son cœur, je peux m'arrêter maintenant, car il faut s'arrêter pour marcher vers l'autre, il faut se poser, poser tout de soi, se laisser partir, s'envoler. Il disait, son cœur, je viens te rejoindre, Marie, on n'a plus besoin de moi ici et moi j'ai besoin de toi.

J'arrive, disait son cœur.

J'ai pris la main de papa dans la mienne et pour la première fois je l'ai sentie de la fragilité d'un moineau, elle n'était plus celle d'un père, forte et fiable. Je l'ai embrassée, réchauffée. Et puis le docteur Haytayan s'est levé, ses lèvres ont tremblé un sourire gris, il m'a murmuré, Je reste à côté, Jo, si vous avez besoin, et il a disparu sur la pointe des pieds.

– Tu as été l'un des plus beaux maris que j'aie jamais vus, ai-je commencé, maman s'examinait toujours brièvement dans le miroir lorsqu'elle entendait le soir ta clé dans la serrure, et moi, mon cœur battait plus fort. Tu étais un papa formidable. Tu m'as emmenée faire un baptême de l'air à Amiens-Glisy pour mes sept ans. Tu as sauté dans l'eau à Chambord pour me sauver car j'étais tombée et je nageais comme une pierre. Tu as pleuré devant moi quand maman est morte et tu m'as dit, Même les hommes, même les arbres pleurent, c'est une eau qui les fait grandir, et tu m'as fait aimer la douceur des hommes. Ce soir tu vas voir maman, elle va de nouveau se regarder dans le miroir en t'entendant arriver, remettre une mèche de cheveux derrière son oreille, sans doute se pincer les joues pour leur donner une roseur charmante, un éclat d'amoureuse, et vos retrouvailles seront un chant d'Aragon, et je vous aime, et je t'aime papa.

– C'est la plus jolie vie que vous m'ayez inventée, mademoiselle, je vous remercie, a-t-il dit d'une voix faible.

Puis il a toussé pour éclaircir sa gorge et a ajouté :

– Moi aussi je t'aime, Jo.

Thierry a joué du piano, des choses mélancoliques comme un *andantino* de Schubert, joyeuses aussi, comme la *Marche turque* de Mozart, on a pleuré et ri, et puis on a fait ripaille autour de l'immense table dressée dehors, dans la beauté du printemps naissant, dans le jaune des gentianes, le rouge des coquelicots, on a évoqué papa, Gary Cooper, son sourire, sa douceur, on a bu des vins d'Italie et on a parlé d'âmes qui s'envolent, virevoltent, dansent, et on a dansé aussi, Thierry était Gardel, Gershwin et même Blondie, Danièle restait assise à côté de lui et regardait les doigts de son homme courir sur les touches, et Mado, quel que soit le tempo de la musique, dansait toujours un slow, la tête posée sur la poitrine de mon fils, les yeux clos, elle était belle à regarder, Mado, dans son amour, dans sa dévotion, on dansait la vie, et Brigitte, les yeux brillants, la bouche pâteuse, s'est exclamée, C'est beau de mourir au printemps ! C'est joyeux ! On a tous ri, de chagrin et de joie, et elle nous a demandé si elle était aussi tourte que ça, Des fois je me demande, a-t-elle marmonné, mais je vous aime ! On lui a dit qu'on l'aimait également, et elle a tourbillonné dans les bras de Pierre, légère soudain, un pétale de rose. On a passé ainsi la soirée et une partie de la nuit au milieu des petits feux qu'on avait allumés partout dans le hameau, des lucioles qui gambillaient, des bombyx et des sphinx, le vin était une source rubis, un sang qui nous reliait tous, et papa était au milieu de nous, il nous a salués une dernière fois, puis la température a chuté, il est parti rejoindre maman et Hubert a posé un châle de laine sur mes épaules, j'ai frissonné, et tandis que tous les amis regagnaient leur maison pour quelques heures de sommeil, il m'a pris la main, entraînée à l'écart du hameau, vers la vallée, face à la montagne de Beynes, et là, dans l'obscurité fraîche, la moiteur du silence, au creux des bras de l'homme que j'aime, j'ai enfin laissé toutes mes larmes sortir et ses lèvres les ont bues et j'ai su que nous étions unis pour toujours.

Dix jours plus tard, un notaire a téléphoné et je me suis effondrée.

Une belle voix. Profonde. Grave. Un débit lent. Des phrases articulées.

Maître Antoine Kroell, s'est-il présenté, notaire à Paris. Il m'a adressé toutes ses condoléances pour la disparition de papa, Un homme charmant, a-t-il précisé, que j'ai eu la joie de rencontrer quelquefois à Paris lorsqu'il y venait pour ses affaires, notamment celle qui justifie mon appel, chère madame Guerbette. Son testament. J'étais tétanisée. Muette. Hubert m'a regardée. Inquiet. Je lui ai fait comprendre que tout allait bien. Par signes, il m'a demandé si je souhaitais qu'il sorte, Non, non, reste, je suis plus forte avec toi, et il s'est assis à mon côté, sur le canapé, m'a pris la main. J'aime qu'il ait peur que je m'égare parfois et je m'arrime alors à lui.

Votre papa, a poursuivi maître Kroell, m'a demandé de l'accompagner pour cet acte ô combien important puisqu'il clôt un parcours tout en en ouvrant un autre. Voilà. Vous n'êtes pas sans savoir, chère madame Guerbette, qu'il avait déposé quelques brevets dans l'univers de la chimie, en relation avec son métier. Ainsi a-t-il breveté un procédé pour la préparation de dérivés de la pyrrolidine et, des dérivés ainsi obtenus, il a inventé un copolymère, et surtout une méthode enzymatique pour la synthèse de l'adipate d'ammonium. Et c'est celui-ci qui nous intéresse tout particulièrement, chère madame, car c'est celui-là même que l'industrie alimentaire s'est empressée d'acquérir, et votre père, que j'ai pu conseiller avec un mien ami de la banque Wormser Frères, a ainsi réalisé une fabuleuse affaire puisqu'il vous fait – ma main a soudain broyé celle d'Hubert, mes dents ont mordu ma lèvre, presque jusqu'au sang – héritière de 6 millions d'euros.

Là, le piano sur la tête.

Le 36 tonnes qui vous passe sur le corps.

– Madame ? Chère madame ? Vous êtes là ?

Je suffoque, deux mots s'échappent de mes lèvres :

– Et merde[1]...

1. Respire, Jo, respire. Monnet va passer par là, il ne te reviendra que 3,5 millions. Ouf.

« L'argent permet d'acheter bien des choses : une maison, mais pas un foyer. Un lit, mais pas le sommeil. Une montre, mais pas le temps. Un livre, mais pas le savoir. Un spectacle, mais pas la joie. Un emploi, mais pas le respect. Des relations, mais non l'amitié. Un médicament, mais pas la santé. Du sang, mais pas la vie. Le plaisir, mais pas l'amour. Des diplômes, mais pas la culture. Des tranquillisants, mais pas la paix intérieure. Beaucoup de choses, mais pas le bonheur. »

Anonyme

*La liste de mes remerciements*

À Anna Pavlowitch, pour la fable qui est devenue un conte de fées.

À Louise Danou, pour son talent de brodeuse (de mots).

À Gilles Haéri, Nathalie Collard, Juliette Duchemin, Florence Godfernaux, Sandrine Perrier-Replein, Marie Dormann, Philippe Narcisse, Agnès Calvo, Céline Chiflet, Philippe Ringrave et toute la formidable bande du 22 de la rue Huyghens.

À celle, tout aussi épatante, toujours fidèle, du Livre de Poche : Béatrice Duval, Audrey Petit, Florence Mas, Anne Bouissy et Sylvie Navellou.

À tous les libraires, blogueuses, lectrices et lecteurs, qui attendaient des nouvelles de Jo.

À Dana, enfin, qui m'a ramené au jour.

## DU MÊME AUTEUR

L'ÉCRIVAIN DE LA FAMILLE, Lattès, 2011 (Le Livre de Poche, 2012).

LA LISTE DE MES ENVIES, Lattès, 2012 (Le Livre de Poche, 2013).

LA PREMIÈRE CHOSE QU'ON REGARDE, Lattès, 2013 (Le Livre de Poche, 2014).

ON NE VOYAIT QUE LE BONHEUR, Lattès, 2014 (Le Livre de Poche, 2015).

LES QUATRE SAISONS DE L'ÉTÉ, Lattès, 2015 (Le Livre de Poche, 2016).

DANSER AU BORD DE L'ABÎME, Lattès, 2017 (Le Livre de Poche, 2018).

LA FEMME QUI NE VIEILLISSAIT PAS, Lattès, 2018 (Le Livre de Poche, 2019).

MON PÈRE, Lattès, 2019 (Le Livre de Poche, 2020).

UN JOUR VIENDRA COULEUR D'ORANGE, Grasset, 2020 (Le Livre de Poche, 2021).

L'ENFANT RÉPARÉ, Grasset, 2021 (Le Livre de Poche, 2023).

UNE NUIT PARTICULIÈRE Grasset, 2023 (Le Livre de Poche, 2024).

Retrouvez toute l'actualité des éditions Albin Michel
sur notre site albin-michel.fr
et suivez-nous sur les réseaux sociaux !
Instagram : editionsalbinmichel
Facebook : Éditions Albin Michel
X : AlbinMichel
YouTube : Editions Albin Michel

*Composition : Nord Compo*
*Impression : CPI Firmin Didot en mars 2024*
*Éditions Albin Michel*
*22, rue Huyghens, 75014 Paris*
*www.albin-michel.fr*
*ISBN : 978-2-226-49447-4*
*N° d'édition : 25948/01 – N° d'impression : 179151*
*Dépôt légal : avril 2024*
*Imprimé en France*